KB121939

환생한 대마법사의 정주행 4

2021년 2월 3일 초판 1쇄 인쇄
2021년 2월 8일 초판 1쇄 발행

지은이 서상현
발행인 이종주

총괄 김정수
경영지원 배진경 임혜솔 송지유

기획 이기헌 왕소현 박경무 강민구
책임 편집 이정규

발행처 (주)로크미디어
출판등록 2003년 3월 24일
주소 서울시 마포구 성암로 330 DMC첨단산업센터 3층 318호, 319호
Tel (02)3273-5135 **편집** 070-7863-8597 Fax (02)3273-5134
홈페이지 rokmedia.com E-mail rokmedia@empas.com

서상현 판타지 장편소설

환생한
대마법사의
정주행

contents

새로운 혜택

헤이의 대련은 예상외로 오래 지속됐다.

제한 시간이 없는 대련이기에 승자와 패자가 정해져야만 끝나는 대련.

1클래스에서도 라믹 비르를 상대로 2시간이나 걸렸던 적이 있었다.

이번 상대는 대지 원소.

불과 대지의 싸움에서 상성이라는 게 어느 쪽으로 웃어 주냐고 묻는다면, 굳이 말하자면 대지라고 할 수 있다.

태우는 성질인 불 원소가 단단한 대지를 태우는 게 조금 힘들 수 있기 때문이다.

게다가 불 원소는 일곱 개의 원소 중 가장 약하다고 평가

받을 정도로 어느 원소를 상대로도 상성의 우위를 가져갈 수 없다는 문제도 있다.

하지만 그렇다고 크게 불리한 것도 아니다.

내가 '굳이'라고 말할 정도로, 상성의 영향이 아주 미미한 탓이다.

헤이의 대련은 이미 20분이 넘어갔다.

아무래도 3클래스 대지 원소의 경험이 처음이니, 그만큼 고전을 면치 못하는 중이라고 예상할 뿐이다.

그저 하필이면 포털을 통해 원소 우대 대련장에 들어가 겨루는 방식이기에 상황이 어떤지 볼 수 없다는 게 답답할 따름이었다.

"괜찮을까…… 헤이."

키에나가 초조하게 발을 동동 구르며 말했다.

그렇게 또 10분가량 흘렀다.

기다림 속의 초조함은 키에나만 느끼는 듯, 교수 쿨럼은 지루한 듯 하품을 입이 찢어지도록 해 댔다.

그리고 드디어.

대련장의 문이 열리며 먼저 나온 것은 헤이였다.

"헤이!"

키에나는 꼭 수술을 마치고 돌아온 사람을 반기듯이, 헤이가 나오자마자 양팔을 붙잡으며 물었다.

"어떻게 됐어?"

"······."

헤이의 표정이 좋지 않다.

무리도 아니다.

3클래스에 오자마자 첫 수업을 받기도 전에 한 대련이니까.

그래도 너무 실망하지 말라고 말하려던 찰나, 헤이와 함께
대련했던 학생도 모습을 드러냈다.

그의 표정은 헤이보다 더 안 좋았다.

'뭐야? 왜 둘 다 안 좋아?'

무승부가 절대 나올 수 없는 대련.

따라서 둘 중 하난 웃어야 하는데 둘 다 저런 표정이면 도
무지 감을 잡을 수가 없었다.

난 황급히 대련장 입구 옆에 걸린 순위표를 확인했다.

[순위표]

1. 아르텔, 키에나, 헤이 - 101

우리 세 명의 이름이 1위에 선명하게 찍혀 있었다.

셋 다 같은 포인트를 보유하고 있어 공동 1위라는 뜻이다.

그리고 셋이 함께 있다는 건······.

"이겼구나, 헤이?"

"어······ 응."

내가 소리치자, 헤이는 시원찮게 대답했다.

대련 중에 무슨 일이라도 있었는지, 이겼는데도 왜 저런 표정을 짓는지 영 알 수가 없었다.

켈레드를 포함한 3인은 대련이 끝나자마자 곧장 어딘가로 사라졌다.

그들이 말하는 신고식이 우리의 승리로 끝나는 순간이었다.

"이겼는데도 왜 그런 표정을 지었어?"

대련이 끝나고 복도를 셋이서 나란히 걷고 있을 때, 나는 헤이에게 물었다.

"내가 실력으로 이긴 건지, 운으로 이긴 건지 모르겠어서."

"왜 그렇게 생각해? 이긴 거면 이긴 거지."

"아니…… 조금 납득할 수 없다고 해야 하나……."

그렇게 헤이는 상대가 어떤 식으로 나왔는지 설명했다.

"막 얇고 긴 벽을 타고 다니면서 빠르게 움직이고, 그러면서 바위 파편 같은 걸 난사하더라고. 계속 막고만 있다가 동선이 계속 똑같길래 그냥 가는 길목에다가 파이어 슈라우드를 구현해 봤거든, 엄청 크게. 그리고 끝난 거야."

상대도, 헤이도.

나와 똑같은 패턴이었다.

"너도 그랬어? 내가 상대했던 애도 그렇게 공격하던데?"

심지어 키에나까지.

의기양양하게 대련 신청을 걸었던 그 셋의 대련 방식이 전부 똑같았다.

난 헤이의 등을 두들기며 말했다.

"그게 어떻게 운이야? 상대의 움직임을 정확히 간파한 건데."

게다가 나와 똑같은 방법으로 파훼했을 줄은 몰랐다.

헤이도 겨울방학 동안 한 훈련의 성과가 나오는 중이다.

하긴, 겨울방학 두 달 내내 상대를 내가 맡았다.

그러니 이제 대련하면서도 머리 쓰는 방법을 제법 터득했을 만도 하다.

"아니…… 3클래스잖아. 중급 클래스라며. 그래서 엄청 어려울 줄 알았는데……."

헤이는 말끝을 흐리다가 날 쳐다봤다.

그렇게 간단히 이길 수 있었던 상대가 맞는 걸까, 하며 고민하는 눈치다.

자신의 손으로 거머쥔 결과물에 의심이 먼저 피어오른 것이다.

"이긴 건 이긴 거야. 뭐 하러 그런 걱정을 해?"

과정도 중요하긴 하지만, 가장 중요한 건 결과다.

나와 두 달 내내 질리도록 했으니, 상대가 쉽게 느껴지는 것도 당연하다.

"그래도 뭐, 이 정도면 신고식 제대로 치른 거겠지. 함부로 우리를 못 건들도록."

나는 양옆에 있는 키에나, 헤이의 어깨를 안으며 물었다.

그제야 둘 다 표정이 밝아졌다.

✤

대련을 마친 난 즉시 어둠 원소 수업에 들어갔다.

이미 이론 수업은 끝나고, 실습수업 도중이었다.

교실에 들어서자마자 선생의 인상착의를 보고 한숨이 절
로 나왔다.

'또 드라코 가문……'

선생의 이름은 드라코 멜라탄.

1클래스에 이어서 3클래스까지 어둠 원소 담당 교사가 드
라코 가문의 마법사다.

게다가 이 학교의 교감까지 드라코 가문.

절대 우연의 일치가 아니다.

이로써 난 확실하게 확정 지을 수 있었다.

모든 클래스의 어둠 원소 담당 교사는 드라코 가문의 마법
사라는 것을.

"학기가 시작하자마자 대련이라. 더블 캐스터라 그런지,
흥미를 느낀 학생이 많았나 보군."

그가 나를 보며 말했다.

1클래스의 드라코 월피스에 비하면 인상은 특별히 다르게 없다.

어두컴컴하고, 칙칙하며 옆에 두기 싫은…….

표정은 무표정하여 꼭 감정이 없는 꼭두각시 같다.

드라코 가문 특유의 인상을 고스란히 간직한 선생이다.

내게 건네는 말도 어쩐지 시비조로 느껴졌다.

"예, 어쩌다 보니."

난 답하며 3클래스 어둠 원소 학생의 수를 눈으로 살폈다.

열 명.

1클래스에 비하면 확실히 많은 숫자다.

하지만 어둠 원소 특성상, 머리카락과 눈동자는 검은색을 유지하기 때문에 동화가 어느 정도 이루어졌는지는 눈으로 가늠할 수 없었다.

직접 학생들이 펼치는 마법을 봐야만 유추할 수 있다.

"누구지?"

뜬금없이 멜라탄이 물었다.

누구를 묻는 건지 당최 헷갈리는 질문이다.

"누구냐뇨?"

"학기가 시작하자마자 너에게 대련을 신청한 학생."

"아. 켈레드? 그런 이름이었던 것 같은데요."

"켈레드……? 3클래스 수석이잖아, 대지 원소의."

학생 중 누군가가 말했다.

어쩐지, 마법의 활용도가 내가 예상한 것보다 훨씬 뛰어나다 했더니.

그럴 만한 이유가 다 있었다.

설마 그 녀석이 3클래스 수석일 줄은 정말 몰랐다.

'가문의 마법사가 수석 자리를 차지하고 있을 거라 생각했는데.'

"어떻게 됐지?"

이제 멜라탄은 결과에 집착했다.

이는 그뿐만이 아닌, 어둠 원소 학생 전부가 그런 눈빛이었다.

"모브로 확인하면 될 걸 군이 물으시는 이유가 뭘까요?"

이미 3클래스의 승격 방식은 내가 1클래스에 있었을 때 바뀌었던 방식 그대로를 따라가는 중이다.

모브로 언제든 순위표를 확인할 수 있다는 말을 대신한 것이다.

내 대답이 끝나자마자 멜라탄을 비롯한 열 명의 학생은 즉시 모브를 활성화했다.

"……."

멜라탄은 의외라는 표정을 지었고.

"수석이…… 졌어…….."

학생들은 경외의 목소리를 내었다.

"어떻게 이겼지?"

멜라탄은 이제 진심으로 궁금한 목소리로 물었다.

나는 이제 막 3클래스에 입성했고, 수업 한 번 들은 적이 없다.

게다가 2클래스를 건너뛰고 1클래스에서 바로 온 학생이니 수석을 상대로 승리했다는 사실을 믿기 어려웠을 거다.

아무리 더블 캐스터라고 한들 상성상으로도 크게 우위를 점하지도 않은 불과 어둠이니 그는 결과를 부정하려는 눈치로 보였다.

"어쩌다 보니요."

대련 상황을 자세하게 풀어 나갈 이유가 있을까?

드라코 가문의 마법사이기 때문에 별로 마음도 가지 않는 선생이다.

날 죽였던 녀석의 가문인데 고운 시선으로 볼 정도로 난 인자하지 않다.

"뭐, 그래."

멜라탄은 이제 내게 시선을 떼고 수업을 재개했다.

그러던 중, 무언가 생각났는지 그가 내게 물었다.

"보아하니 재능이 있는 것 같은데, 실습을 바로 해 볼 텐가?"

난 학생들이 서 있는 상태를 살폈다.

2인 1조로 짝을 지었고, 서로를 마주 보며 각자 도구를 든 모습.

어둠 원소가 지금 어떤 마법을 배우는 중인지 모른다.

하지만 학생들이 서 있는 모습을 보아하니, 자신의 앞에 있는 학생을 겨누며 연습하는 건 확실했다.

"무슨 마법인데요?"

"이런 마법이지."

화악-!

멜라탄은 뜬금없이 수업 중인 마법의 정체를 내게 구현했다.

그가 벌레를 쫓아내듯 허공에 가벼운 손짓을 보이자 검은 파동이 일어났고, 순식간에 내 몸을 때렸다.

그 탓에 난 몸이 멀리 날아가 교실 벽에 부딪친 뒤에야 착지했다.

'……어쭈?'

"웨이브(Wave)네요."

난 즉시 몸을 털며 일어나 말했다.

충격은 없다. 단순히 몸이 밀려서 등을 벽에 찧었을 뿐이다.

학생에게 겨눌 생각이라 최대한 힘을 뺀 것이다.

하지만…….

'이거 일부러 그런 거지?'

멜라탄은 명백히 날 공격한 거다.

웨이브는 파동을 일으켜 상대를 공격하는 마법.

1클래스 땐 첫 수업에 다크 스페이스라는 공격성이 전혀 없는 단순한 속박 마법을 알려 줬다.

하지만 3클래스는 시작부터 공격 마법이다.

그건 앞으로 배울 마법은 오직 공격에만 목적을 둔 마법이라는 뜻이다.

"잘 아는군. 그런데 1클래스에서 바로 온 학생이 어떻게 보자마자 아는지 궁금한데."

이제 멜라탄은 의구심을 표출했다.

"책에서 본 적이 있거든요."

"1클래스에 3서클 마법이 나오는 책이 있던가? 없을 텐데."

"선생님은 그 넓은 도서관에 있는 책들을 전부 다 기억합니까? 며칠 전까지만 하더라도 거기에 있던 저도 기억 못 하는데요."

"……."

내가 반박하자 그는 말문을 잠시 닫고, 다른 것을 물었다.

"아무튼 이 마법을 실습 중인데, 할 수 있을 것 같나?"

1클래스 윌피스 때와 똑같다.

하지만 다른 게 있다면 그때와는 달리 보상으로 수업에 들어오지 않아도 된다는 조건이 없을 거라는 점이다.

1클래스에서 교칙 상당수가 바뀌어 교사 재량 평가도 제한된 이 상황에서 멜라탄이 그런 제시를 할 이유는 없다고 생각했다.

"그럴 것 같은데요."

"그럼 해 보든가. 대상은……."

멜라탄은 적당한 수준의 학생을 찾기 위해 시선을 돌렸을 때다.

'보상 같은 거 없어도 된다. 똑같이 되돌려 준다.'

난 즉시 검은 구체 하나를 구현하고 웨이브로 검은 구체를 밀어 내 멜라탄을 향해 날렸다.

펑!

"……무슨 짓이지?"

'오호, 반응이 제법 좋은데.'

그 찰나의 순간에 멜라탄은 즉시 반응하여 어둠 원소의 무장 마법, 카오스 암(Chaos Arm)을 부분적으로 구현한 손으로 구체를 쳐 냈다.

반응뿐만이 아니라 실력도 제법 괜찮은 마법사다.

그는 잔뜩 표정을 구기며 살벌하게 나를 노려봤다.

"해 보라면서요. 그래서 해 본 건데요."

학생들은 가시방석과 같이 변해 버린 교실의 냉랭한 분위기에 그대로 얼어붙었다.

"……미친 거 아니야?"

"지금 선생님을 공격한 거…… 맞지?"

"멜라탄 선생님이 얼마나 무서운 분인데…….."

학생들의 반응이다.

전부 겁에 질린 강아지처럼 구석을 향해 슬금슬금 뒷걸음질을 치는 중이었다.

난 학생들의 반응엔 신경 쓰지 않고, 멜라탄에게 자신만만한 표정으로 물었다.

"어때요? 웨이브를 이런 식으로 응용해서 사용하면 꽤 괜찮은 마법 아닌가요? 단순 웨이브만으로는 조금 부족한 것 같았거든요."

내가 웨이브로 때린 검은 구체는 어둠 원소의 가장 기초 마법이다.

하지만 다른 마법과 결합하면, 보잘것없는 기초 마법도 꽤 위력을 가지는 마법으로 거듭나는 게 아니냐는 질문을 건넨 거다.

"더블 캐스터라고 눈에 뵈는 게 없구나."

하지만 내 질문의 의도는 이미 멜라탄의 안중엔 없었다.

단지, 내가 자신을 공격했다는 이유 하나에 그의 감정은 크게 요동치는 모습이었다.

'드라코 가문답게 속이 좁아.'

가느다란 바늘이 들어갈 구멍도 없이 좁다.

아니, 아예 꽉 막혔다고 보는 게 맞다.

게다가 이기적이기까지.

가주인 타일런트의 성격을 고스란히 물려받은 마법사가 확실하다.

"1클래스 월피스 선생에게서 너에 관해 들은 적은 있다. 더블 캐스터라 너랑 견줄 학생이 없었다면서?"

같은 가문의 마법사답게, 소식통 한번 빠르다.

"그랬나요? 전 나름 힘들게 올라왔다고 생각하는데."

온갖 변수로 인해 힘들었던 건 사실이니까.

"겸손한 척하긴. 3클래스에서 수석도 이기고 나니까 세상에 너밖에 없는 것 같더냐? 이게 감히 교사를 공격해?"

멜라탄은 몇 걸음 걸어 나와 거리를 좁혔다.

그리고 다시 웨이브를 구현하며 내 몸을 밀어 내기 위해 발사했다.

"어이쿠!"

난 그와 일부러 마법으로 맞서지 않았다.

대신 마법도 맞을 생각은 없으니 맹수의 사냥 자세처럼, 몸을 바짝 엎드려 지면에 붙어 피했다.

웨이브는 부채꼴 모양으로, 전방으로 퍼지며 나가는 마법.

게다가 그 두께가 상당히 얇아 이렇게 숙이는 것만으로 간단히 피할 수 있는 마법이다.

"……지금 뭐야? 몸을 숙여서 피한 거야?"

"마법사가 몸을 써……?"

학생들은 물론, 멜라탄까지 놀란 눈치다.

몸을 쓰는 마법사라면 켈레드도 그렇지 않느냐는 의문이 생기겠지만.

아니다.

켈레드는 엄연히 마법에 공격당하지 않기 위해 자신의 마법으로 만든 벽에 올라타 움직였다.

마법으로 움직이는 물체에 올라탄 것이니 직접 제 발로 움직인 게 아니라는 뜻이다.

학생들이 놀라는 것도 무리는 아니다.

마법이 다가오면 더 강한 마법으로 상쇄시키는 것이 마법사들의 상식.

여태껏 그들이 살아오면서 몸을 사용하는 육체 위주의 대응은 듣도 보도 못 한 방식이다.

"깜짝 놀랐습니다."

난 다시 몸을 털며 일어났다.

그리고 아주 여유롭게 말했다.

"……."

멜라탄은 나를 노려보다가, 이내 학생들의 반응을 살폈다.

자신의 마법도 몸을 가볍게 움직인 것만으로 간단히 피해 버렸으니, 학생들이 놀란 반응을 보고 뭔가를 고민하는 눈초리였다.

"확실히 재능은 있는 놈이구나."

그는 갑자기 등을 휙 돌렸다.

"그러나 인성 교육이 안 되어 있어. 넌 내 수업에 들어오지 마라. 마법사는 자고로 인성도 뒷받침되어야 하는 법이거든."

드라코 가문에게 인성 소리도 다 듣고.

세상 오래 살고 볼 일이다.

내가 인성 교육을 받을 정도라면, 네 가주는 아마 인성 창조를 받아야 할 지경인데 말이지.

"나가."

멜라탄은 차가운 단어만 남기고, 수업을 재개했다.

나를 완전히 외면한 모습이다.

하지만 내게 인성을 운운하며 한 말들은 그저 이 상황을 타파할 핑곗거리에 지나지 않았음을 알 수 있었다.

자신을 스스럼없이 공격한 학생.

그것도 모자라 진심으로 구현한 마법을 간단히 피한 학생.

그로 인해 학생들의 눈초리가 처음엔 '재 왜 저래?' 하는 한심과 불안이 섞인 시선이었다면, 이젠 '정체가 뭘까?' 하는 흥미의 눈초리로 완전히 뒤바뀌었기 때문이다.

그런 내가 계속 있으면 교사로서 권위가 떨어진다고 판단한 모양이다.

"예."

마침, 나도 어둠 원소 수업은 듣고 싶은 마음이 하나도 없다.

저렇게 먼저 나가라고 해 주니 그저 고마울 따름이었다.

난 그렇게 교실에서 나왔다.

"다음 수업까진 시간이 조금 남았군."

점심을 먹고 난 뒤엔 불 원소 수업이 있다.

조금 쉴 생각으로 기숙사를 향하던 도중, 모브에 새로운 공지 사항이 날아들었다.

[3클래스 수업 운영 변경]

내일부터 3클래스의 모든 과목은 오전 10시에 동시 시작됩니다.

따라서 내일부턴 대련 신청을 오전 중엔 할 수 없습니다. 수업이 끝난 뒤에만 가능합니다.

작성자 : 에드 큘럼

솔직히 무슨 의미인지 몰랐다.

하지만 큘럼이 어디에 있는지는 알고 있으니 곧장 대련장으로 향했다.

❀

"대련도 없는데 왜 찾아왔어?"

역시나, 그녀는 친절하게 맞이하는 법을 모른다.

거들먹거리는 것만 같은 말투로 날 맞았다.

난 방금 들어온 공지 사항을 보이며 물었다.

"무슨 뜻인지 모르겠어서요."

"머리가 안 좋나? 거기에 쓰여 있잖아, 내일부터 오전 10시에 모든 과목의 수업이 시작된다고."

"저 더블 캐스터잖아요. 그래서 다른 학생과 달리 전 두 개의 원소 수업을 듣는데, 그럼 전 어떻게 되는 거죠?"

또 이걸 어떻게 꼬투리 잡아 퇴학을 들먹일지 모르니 확실히 짚고 넘어가야 했다.

"네가 듣고 싶은 수업을 들으면 되잖아."

하지만 내 걱정과 달리 그녀는 허탈할 정도로 간단한 답을 내놨다.

"……."

솔직히, 예상외의 답변에 약간 어안이 벙벙했다.

"왜 그런 표정이야?"

"둘 중 하나만 듣는다고, 저에게 불이익 같은 건 없겠죠?"

확실히 하기 위함이다.

만일 이걸 꼬투리 잡고 퇴학을 들먹인다면, 나도 그땐 숨겨 왔던 플레우드라는 정체를 꺼내 들고 학교와 맞설 생각까지 했다.

이 학교를 내 손으로 허물고, 위에 있을 에타르를 직접 내려오게 하는 수밖에 없다고 생각할 때였다.

"혹시 지금 퇴학이라든가 그걸 걱정하는 거니?"

"그렇다면요."

내 대답에 이젠 쿨럼이 자신의 모브를 활성화하고 보여 줬다.

학기가 시작되면서 학생들 전부에게 공지된 학생 능력 평가 개편안이다.

"네 눈으로 봐. 퇴학의 조건은 오직 0포인트가 되었을 때와 성적 마감 후 하위 10위까지만인데? 네 생각처럼 더블 캐스터는 원소 수업 둘 다 들어야 다음 클래스를 갈 수 있다는 교칙은 없잖아."

"그거야 모르죠. 방금 공지 사항처럼 언제 추가되거나 바뀔지 저는 모르니까."

이제 큘럼은 모브를 접고, 고개를 절레절레 저었다.

"그건 내가 확실히 약속하지. 그럴 일은 없어. 퇴학은 오직 0포인트 학생과 하위 10위권 학생들뿐. 만약 그런 교칙이 추가된다고 한들, 교수의 권한으로 네가 순위권에만 들면 위로 보내 주지."

"……?"

이건 또 무슨 상황일까.

처음부터 나를 귀찮아하고, 상대하기 싫어하는 모습을 다분히 보였던 큘럼이 이런 획기적인 제안도 다 하고.

단순히 안심시키려고 얼렁뚱땅 넘어가는 모습으로 보이진 않았다.

진심으로 하는 소리다.

"이제 좀 만족스러운 대답을 들었니?"

"……예, 뭐."

전혀 예상치 못한 답에 뇌가 잠시 기능을 멈춘 것만 같았다.

포머는 교장실을 찾았다.

방금 3클래스에 공지 사항 하나를 전파하고, 이제 큘럼 교수가 학생들에게 전파까지 마친 상태다.

에드 에타르도 포머가 제시한 공지 사항을 보며 흡족한 표정으로 고개를 끄덕였다.

"오전 10시에 모든 과목이 일제히 수업을 진행한다."

"예, 아르텔의 퇴학을 철회한 이상. 이젠 그를 지키는 게 급선무 아닙니까? 따라서 드라코 가문과 떨어트릴 필요가 있다고 판단해, 이렇게 조치했습니다."

아르텔의 예상과는 달리, 이번 공지 사항만큼은 순전히 아르텔을 위한 것이었다.

불과 어둠의 더블 캐스터이니, 에드 가문과 드라코 가문이 그를 담당하고 있는 상황.

일부러 모든 수업을 한날한시에 시작하도록 하고, 아르텔이 불 원소로 오도록 유도한 것이다.

0클래스를 제외한 학교의 불 원소 담당 교사들은 전부 바로 에드 가문이 맡고 있기 때문이다.

"아르텔이 만약 어둠 원소 수업에 들어가 버리는 상황이 발생하면?"

에타르는 걱정스럽게 물었다.

이것도 만에 하나의 경우다.

"1클래스의 생활을 종합해 본 결과, 아르텔은 무슨 영문인지 몰라도 월피스와 마찰이 조금 있었던 것 같습니다. 게다가 헤이 학생과 동반 입학했으니, 틀림없이 불 원소로 향할 것이라 확신합니다. 이미 1클래스에서도 시간만 나면 둘이 붙어 다녔으니까요."

에타르는 다시 고개를 끄덕였다.

이건 확실한 근거가 있는 확신이라는 걸 자신도 잘 안다.

"일단은 상황을 좀 지켜보지. 아 참, 아르텔을 단기간에 6클래스로 올릴 방안을 벌써 마련했다며? 그건 왜 공지하지 않았지?"

"아직 때가 아닙니다. 학생들이 대련을 활발히 진행하고 일정 성적을 거뒀을 때, 그때 공지할 생각입니다."

"제발 덥석 물어 주길 바라야겠어."

"아마 그럴 겁니다. 제가 손써 놨으니까요."

연신 확신에 찬 대답을 하는 포머를 향해 에타르는 그저 신뢰의 눈빛을 보낼 뿐이었다.

점심시간이 되고, 키에나, 헤이와 함께 식당으로 들어선 순간이다.

"쟤들이지, 수석 삼인방 꺾어 버린 애들이?"

"어, 1클래스에서 여기로 직행인 것도 모자라 수석들까지……."

우리를 보고 수군거리는 학생들의 목소리.

외형을 살피니 전부 가진 원소도 제각각이다.

바람, 물, 빛 등등.

공통점으론 대지 원소 학생이 없었다.

어느새 소문이 전부 퍼졌는지, 학생들은 식당에 들어선 우리를 꼭 어느 위인의 등장처럼 쳐다보는 중이었다.

"수석? 게네가 수석이었다고?"

헤이가 말했다.

난 이미 켈레드가 3클래스의 수석인 건 알고 있었다.

하지만 다른 학생들이 삼인방이라고 묶어 말하는 걸 보니, 그 셋이 3클래스에서의 공식 상위권 학생들인 것으로 보였다.

1클래스의 밴시가 그랬던 것처럼.

어쩐지, 대련 방식이 완벽히 똑같았던 게 이상하다고 생각했는데, 이제야 의문이 풀렸다.

셋은 우리처럼 동고동락하는 사이이고 전부 같은 원소이니 제각각 공부하면서 터득한 노하우를 서로 공유한 것이다.

이건 내 전생의 마법 학교에서도 쉽게 볼 수 있었기에 지극히 평범한 현상이라고 볼 수 있었다.

"우리가 수석을 잡은 거야? 수석도 별거 없네! 그럼, 이제 우리가 수석인가?"

키에나는 클래스가 오르면서 차분하고 조용했던 성격이 조금씩 변하고 있었다.

어떨 땐 너무 터무니없을 정도로 활발한 모습을 보이기도
했다.

0클래스에선 엄마나 누나와 같은, 우리 둘을 감싸는 위치.

하지만 어느덧 내가 아빠가 된 듯, 상황이 완전히 뒤바뀌
어 이 둘을 포용하는 위치가 되었다.

아주 이상한 건, 이 둘은 내가 하는 말이 곧 법이라도 되는
듯이 내가 무슨 말을 할지 눈치를 보며 기다린다는 점이다.

지금도 키에나는 그런 말을 내뱉고 내 반응을 살피고 있었다.

"뭐, 그렇게 되는 건가?"

적당히 둘러댔다.

하지만 키에나는 만족했는지, 고개를 과하게 끄덕이며 당
당한 걸음으로 음식을 향해 나아갔다.

그렇게 각자 먹고 싶은 것을 담은 뒤, 셋이 나란히 앉으며
본격적인 식사 시간이 되었다.

난 습관적으로 모브를 활성화했다.

'승인된 대련이 하나도 없어.'

소문 탓일까?

오후쯤 되면 1클래스 때처럼 눈코 뜰 새 없이 바쁜 대련
일정이 우리를 맞이할 것이라고 예상했지만, 현실은 정반대
였다.

오히려 모브는 서운할 정도로 잠잠하며, 관심도 주지 않고
있었다.

아마도 이런 생각일 것이다.

지금 자신들의 마법으론 3클래스 공식 수석을 이긴 우리 셋을 상대할 수 없다.

따라서 수업에서 마법을 조금 더 보강하고, 자신이 생겼을 때 그때 도전하자.

만약 내 예상이 맞다면, 3클래스 중급 마법사들답게 제법 현명한 계획을 짜는 중인 것이다.

그러던 중, 식당 입구에서 '쾅!' 하는 소리와 함께 시끄러운 목소리가 들렸다.

"푸하하! 가문의 마법사도 별거 없네! 3클래스엔 가문의 마법사가 한 명도 없어서 어떤지 궁금했는데, 이렇게 쉬워?"

일부러 모두가 들리도록 고래고래 질러 대는 소리.

켈레드다.

그런데…….

'가문의 마법사가 한 명도 없는데 별거 없다라…….'

누구를 말하는 걸까?

혹시?

미하엘 러쉘밖에 없다.

큰 소리와 함께 제 자랑을 늘어놓는 켈레드의 등장으로, 순식간에 그의 주위를 많은 학생들이 둘러쌌다.

"켈레드! 무슨 뜻으로 한 말이야?"

하얀 머리카락을 가진 학생이 물었다.

"가문의 마법사한테 대련 신청을 걸었지. 지금 막 끝나고 오는 길이고."

같은 대지 원소 학생이 아닌데도 둘은 친근했다.

아니, 둘만이 아니다.

켈레드라는 학생은 3클래스 학생들 전부와 두루두루 좋은 교우 관계를 형성하고 있는 것으로 보였다.

'성격이 그렇게 친근하진 않은 녀석이라고 생각했는데.'

아니면 3클래스에 오래 있어서 학생들과 친해진 경우일지도 모른다.

난 조용히 둘의 대화를 엿들었다.

"가문의 마법사?"

"어, 이번에 1클래스에서 쟤들이랑 같이 3클래스로 넘어온 애 있잖아. 너희 원소사던데."

미하엘 러쉘이 맞다.

'의왼데? 미하엘 러쉘이 졌어?'

빛 원소의 대표 마법이라 할 수 있는 빛의 봉인검을 구현하는 수준까지 올랐다.

물론, 완성형과는 거리가 한참이나 먼 한심한 수준이긴 하지만.

그래도 1서클에서 그 정도로 했다는 게 어딘가.

그런 미하엘 러쉘인데 아무리 3클래스 수석이라고 한들, 켈레드에게 졌다는 게 의아했다.

'원소 우대 대련장의 영향 때문인가?'

켈레드는 분명 자신이 직접 대련을 먼저 걸었다고 말했다.

3클래스부턴 신청자의 원소에 맞는 대련장을 배정해 주기 때문에 신청자가 훨씬 유리한 구도다.

"뭐 같지도 않은 하얀 단검 같은 걸로 나를 상대했는데, 어림도 없지!"

승리의 환희에 한껏 젖은 켈레드는 이제 거만한 말도 아무 거리낌 없이 뱉었다.

상대가 가문이 있건 없건, 아무런 상관도 없는 눈치다.

'원소 우대 대련장의 영향이 맞는 것 같네.'

아무래도 그게 정답인 듯했다.

그렇다고 미하엘 러쉘이 더 뛰어나다고 말하고 싶은 마음은 없다.

정말 냉정하게 둘을 비교하자면 내가 손을 들어 주는 쪽은 켈레드니까.

나와의 대련에서 보였던 모습은 내게 신선한 충격을 안겨다 주었으니, 그럴 자격이 있다.

하지만 미하엘 러쉘은 가문의 마법사라는 게 무색할 정도로 보여 준 게 없다.

기껏해야 불안정한 빛의 봉인검 정도.

순수하게 마력으로만 놓고 봐도 켈레드에게 밀리는데 원소 우대 대련장까지 있으니, 패배는 당연한 수순이었을지도 모른다.

왁자지껄한 켈레드도 이제 배가 고팠는지 입을 다물고, 조용히 밥을 먹기 시작했다.

그리고 점심시간이 끝날 때까지, 미하엘 러셀은 식당에 모습을 보이지 않았다.

'기숙사에 박혀서 울고 있기라도 하나.'

그렇게 무시하던 천민들에게 연일 패배만 하고 있으니, 멘탈이 갈릴 대로 갈렸을 거다.

헤이와 나는 3클래스 불 원소 수업에 참석했다.

아직 수업 시간까진 시간이 조금 남았지만, 마땅히 할 것도 없어서 미리 오기로 한 것이다.

그런데 교실의 모습이 특이했다.

어둠 원소까지만 하더라도, 1클래스와 똑같이 계단식으로 책상이 배치되었고 밑엔 선생이 수업을 진행하는 단상이 있었다.

그러나 불 원소엔 칠판도, 책상도 없으며 그저 휑한 황무지와 같이, 그야말로 아무것도 없는 교실의 모습이다.

"너희들이 이번에 1클래스에서 특별 전형을 받은 학생들이지? 어서 와."

교실엔 이미 선생이 우리를 기다리고 있었다.

새빨간 눈동자와 머리카락.

순박하게 생긴 인상.

인상착의만 보고도 난 그가 에드 가문의 마법사라는 걸 바로 알아차렸다.

"네."

내가 답하자, 그는 친절하게 내 앞으로 다가와 손을 내밀었다.

"3클래스 불 원소 담당 교사 에드 발라크라고 한다."

역시, 예상대로다.

"아르텔입니다."

"그래, 소문 많이 들었어."

"에버 선생님한테요?"

"에버도 그렇고, 쿨럼 교수님한테도. 특히 너희 둘은 오자마자 대련을 했잖아? 그 영상을 나에게 보여 줬거든."

건네는 말은 친절하다.

표정이나 말투에도 딱히 멜라탄과 같은 악의는 찾아볼 수 없었다.

그런데 우리의 대련을 담은 영상이라니?

내가 곧장 묻자, 그는 다시 친절하게 답했다.

"교수님은 3클래스의 관리자. 따라서 너희가 포털 안에 들어가서 하는 대련을 볼 수 있어. 애초에 그 안엔 녹화용 모브가 설치되어 있거든."

"아……."

"대단하던데? 3클래스 수석 켈레드를 그렇게 간단한 마법으로 제압할 줄이야. 꽤 흥미로웠어."

이제 그는 헤이를 쳐다봤다.

"넌 이름이 헤이지?"

"아, 네."

"너도 대단했어. 아르텔과 똑같은 방법으로 이겼던데."

"감……사합니다."

첫인상은 나쁘지 않지만, 내가 전에도 느꼈듯, 몇 분 만에 다시 돌변할지 모르는 이 학교의 선생들이다.

1클래스 무헤드의 같은 경우에도 처음엔 친절했지만, 더블 캐스터를 들먹이며 내게 가시 돋친 말도 줄곧 잘하지 않았던가?

본성을 지금 알 필요가 있다.

나는 가장 꼬투리 잡기 편한 게 뭐가 있을지 생각하다가 적당한 게 떠올라 물었다.

"대련장에 녹화용 모브가 왜 있는 거죠?"

꼭 감시하는 느낌이라서다.

"너희는 내 학생이잖아? 마법을 어떻게 구사하고 활용하는지 내가 알 필요가 있지. 그래야 지도도 제대로 할 수 있고."

하지만 준비된 답처럼, 발라크는 당황한 기색 없이 곧장 답했다.

"그럼 대지 원소 선생님에게도 그 영상을 보여 줬겠네요?"

"음, 아마 아닐걸."

"왜요?"

"교수님이 내게만 보여 주는 거라고 했으니까. 이름을 봤으니 알 거 아니야. 나랑 같은 가문이잖아. 내 누이거든."

점점 대화가 이상해지고 있었다.

특히 발라크는 굳이 알고 싶지도 않았던 쓸데없는 사실까지 덧붙여 말했다.

성격이 원래 저런 건지, 아니면 '내가 이 정도로 너희에게 친절을 베풀 수 있는 사람이란다!'라고 온 힘을 다해 알리려는 건지.

의도를 제대로 모르겠다.

"참고로 1클래스 에버는 내 동생."

알고 싶지 않은 사실 하나가 더 추가되었다.

"그럼 방학 때 가문으로 가시면 에버 선생님을 만나시는 건가요?"

그런데 헤이는 큰 흥미를 느꼈는지, 초롱초롱한 눈빛으로 물었다.

"물론이지. 근데 그건 왜?"

"에버 선생님한테 감사하다고 말하고 싶었거든요. 1클래스에서 친절하게 가르쳐 주셔서요. 대신 전해 주실 수 있나요?"

에버는 확실히 내가 보기에도 친절하긴 했다.

비록 자신의 인사고과가 달려 있는 대련 시간에 나와 밴시를 약간 편애하는 경향이 있었지만, 엄연히 잘못된 건 아니다.

단순한 편애지, 차별이 아니었기 때문이다.

그리고 헤이가 무난하게 1클래스에서 성장한 것도, 비록 에드 가문의 마법사와 내가 거둔 게 있다곤 해도, 결국 매일 듣는 수업인 에버가 차별 없이 모두를 대우했기 때문이다.

"1클래스에서 말 안 하고 왜 나한테 전해 달라고 해? 질투 나는데?"

"어…… 이게 질투가 날 일인가요?"

"당연하지. 교사로서 학생에게 잘 가르쳐 줘서 감사하다는 소리를 듣는 게 얼마나 보람찬 일인데. 그런데 넌 내 수업이 시작되지도 않았는데 내게 그런 말을 전해 달라고 하면, 질투가 나는 게 당연하지 않겠나?"

딱히 화를 내는 목소리는 아니다.

그저 가볍게, 질투를 표하는 정도였다.

"죄송……합니다."

헤이는 사과를 하면서도 정말 이게 죄송할 일인지 고민한 눈초리였다.

"뭐, 아무튼. 1클래스에서 왜 말 안 하고 이제야 말하는지 이유나 들어 볼까?"

"1클래스 때, 졸업을 5일 남겨 두고 갑자기 특별 휴강을

했거든요. 그리고 5일이 지난 뒤에 학교로 돌아가니 곧장 졸업식이 시작돼서 전할 시간도 없었어요."

"아, 그래?"

이건 내가 대신 답했다.

헤이가 답하면 더듬거리며 상황을 제대로 못 전할 것 같은 조바심에서다.

"알았어, 전해 주지."

"감사합니다!"

헤이가 활기차게 답했다.

"그런데 선생님."

"왜?"

"이 교실엔 왜 책상이나 단상이 아무것도 없죠? 어둠 원소 수업은 있던데."

"그거? 내 수업은 조금 특별하거든. 마침 잘됐다. 너희 둘, 나 좀 도와줄래?"

"어떻게요?"

"도와준다는 뜻으로 알지. 따라와."

그렇게 그는 우리를 데리고 교실 밖으로 나갔다.

그가 향한 곳은 교실과 가까운 곳에 있는 또 다른 교실.

아니, 정확히 말하면 본래 교실이었지만 이젠 사용하지 않는 곳으로 보였다.

방금 우리가 있던 교실과 똑같이 책상, 칠판, 단상 등등 수업에 필요한 용품들은 하나도 없고 장작더미들만 가득한 교실이었다.

"이걸 최대한 많이 들고 교실로 오면 돼. 가까운 곳이니까 길은 외웠지?"

"네."

발라크는 품에 한가득 장작을 안고 먼저 교실로 향했다.

나와 헤이도 일단 도와주기로 한 일이니, 장작을 품에 안기 시작했다.

"끄응……."

그런데 장작이 너무 무겁게 느껴졌다.

본래 내 몸이 아닌 소년 아르텔의 몸이라서 그런 것 같다.

고작 이 장작더미를 드는데 팔과 어깨, 무릎까지 덜덜 떨릴 줄이야…….

"에휴, 나한테 조금 줘. 마법은 우리 중 최고인데 왜 몸은 여전히 약한 거야?"

헤이가 보다 못했는지 내가 들고 있던 장작 일부를 덜어 내며 자신의 품에 안았다.

난 고작 열 개도 되지 않는 장작의 무게를 견디기 힘들었는데, 헤이는 얼굴을 가릴 정도로 쌓았다.

그제야 비로소 헤이의 근육이 눈에 선명하게 보일 정도로 부풀었는데, 정말 몸만큼은 건장한 검사와 견줄 정도다.

부푼 근육 때문에 팔 전체에 작은 산봉우리들이 덕지덕지

박힌 것만 같은 모습.

어린 나이에 저런 몸을 갖고 있다는 게 그저 경이로울 뿐이었다.

확실히 마법보단 힘쓰는 일에 제격인 체질이다.

그렇게 적당히 장작을 안은 우린 교실로 돌아갔다.

"어디에다 놓으면 돼요?"

"응, 저런 식으로 일정한 간격을 둬서 놔."

발라크는 이미 교실 중앙에 장작을 두세 개씩 따로 분류하고 종이를 찢어 올리는 중이었다.

전부 다 하고 나니 발라크는 작은 모닥불의 개수를 손으로 세기 시작했다.

"음, 열두 개. 딱 맞네."

준비가 끝나자 이제 학생들이 교실로 들어섰다.

"선생님, 안녕하세요!"

"방학 잘 보내셨나요?"

학생들이 반갑게 그를 맞이하는 것은 물론…….

"보고 싶었어요! 선생님!"

심지어 달려가 안기는 학생도 있었다.

발라크는 학생에게 인기가 꽤 많은 선생으로 보였다.

'그러고 보면, 에버 선생도 1클래스에선 나쁘지 않았지.'

다른 과목과 비교하자면, 학생과 친근한 교사였던 게 에버 선생이니까.

3클래스도 이런 모습이면 불 원소 과목의 특징이라고 할 수 있겠다.

'0클래스 레지 선생도 불 원소라서 그런가 상당히 친절했고. 불 원소는 원래 이런 모습인데······.'

불 원소의 대표 마법사 에타르가 변해 버린 것은 아쉬울 따름이다.

이제 수업은 시작됐다.

발라크는 수업 시작과 동시에 미리 만든 열두 개의 장작에 성냥으로 불을 지폈다.

마법으로 붙인 게 아닌, 일부러 성냥을 써 가면서까지 불을 붙인 것이다.

그리고 열두 개인 이유는 3클래스 불 원소 학생의 수가 열두 명이기 때문이었다.

불을 전부 피운 발라크는 우리 둘을 보고 말했다.

"다른 학생은 한 적이 있어서 이 수업이 어떤 건지 알지만, 오늘 새로 온 너희는 모르지? 설명해 줄게."

"이론 수업 없이 바로 실습인가요?"

"난 이론 수업 같은 건 하지 않아. 의미가 없다고 생각하거든."

내가 묻자 그는 특유의 쾌활함으로 답했다.

이론 없는 수업이라······.

제법 괜찮은 방식이다.

그리고 그는 본격적으로 설명하기 시작했다.

발라크의 수업 의도는 간단했다.

바로 주변 환경을 이용하는 법을 알려 주는 수업이었다.

발라크가 먼저 시범을 보였다.

"자, 이건 내가 이 모닥불을 이용하지 않았을 때의 마법이야."

화르륵!

손바닥을 펴자, 작은 불꽃이 그의 손에서 밝게 타올랐다.

"그리고 이건 저 모닥불이라는 환경을 이용했을 때의 마법."

화르륵!

"우와……."

발라크의 손에서 타던 마법이 더욱 커지며, 그 밝기도 선명해졌다.

당연히 화기(火氣)도 더 강력해진 게 느껴졌다.

헤이는 경외의 눈빛을 지으며 입이 쫙 벌어져, 다물질 못했다.

모닥불을 이용한 증거로, 기존에 타고 있던 장작들에서는 화염이 사라진 상태다.

이미 사라진 자연의 불꽃.

발라크가 자연의 불꽃, 즉 주인이 없는 불꽃을 자신의 것으로 가져왔기에 저런 현상이 나타나는 것이다.

이것을 탭 테이킹(Tap-Taking)이라고 부른다.

하지만 그는 용어는 생략했다.

원소사에게 있어 자신에게 맞는 환경이란 마법의 증폭제 역할을 한다는 것.

같은 양의 마나를 소모했는데, 환경 하나의 차이로 마법의 위력이 저렇게나 달라지는 비기라고 볼 수 있다.

중급 클래스의 시작답게 수업의 내용도 1클래스와는 비교할 수 없었다.

하지만 이는 상당히 진입 장벽이 높은 수업이다.

"내 수업은 이게 다야. 더 진도를 나가고 싶은데 나갈 수가 없어, 보다시피."

발라크는 다른 학생들을 가리키며 말했다.

난 슬쩍 다른 학생들이 어떤 식으로 주변 환경을 이용하는지 살폈다.

과반수의 학생은 명상의 자세를 취하고, 가만히 눈만 감으며 자신의 마법에 모닥불을 가져오려고 애쓰는 중이다.

소수의 학생은 어떻게 하면 자신이 이용할 수 있을지, 팔짱을 끼고 고민하고 있었다.

모닥불을 제대로 이용하는 학생이 단 한 명도 없었다.

아마도 이런 실태이기에 용어를 생략한 것으로 보였다.

탭 테이킹도 마법의 서클처럼, 그 단계가 있으니 아직 단계의 문턱도 밟지 않은 학생들에게는 이르다고 생각한 모양이다.

"어떻게 하면 되는 건데요?"

헤이가 묻자 그는 볼을 긁적였다.

"글쎄, 환경을 이용하는 방법엔 정답이 없어. 옷 사이즈, 신발 사이즈가 사람마다 제각각인 것처럼 이용하는 방법도 자신만의 길을 찾아야 하거든."

그가 말하는 게 정답이다.

그의 말대로 주변 환경을 이용하는 방법에는 정해진 게 없다.

자신에게 맞는 길을 스스로 터득하는 것.

그 증거로 지금 3클래스인데도 불 원소 학생 중엔 주변 환경을 이용할 줄 아는 학생이 단 한 명도 없는 것이다.

'이렇게 보니까 켈레드가 왜 수석인지 알겠다.'

마치 자신의 집처럼 자유롭게 환경을 이용했던 켈레드.

수석이라는 수식어가 붙을 만한 자격이 있었다.

"자, 그럼 너희들도 시작해 봐."

발라크는 수업 내용만 말하고, 의자 하나를 끌고 와 앉아 다리를 꼬며 학생들을 지켜봤다.

누가 보면 책임감 없는 방관의 수업으로 오해할 수 있을 법한 모습이지만, 나름 착실히 수업을 진행하는 중이다.

"으음……."

동시에 헤이는 고민에 빠졌다.

어떻게 하면 이 모닥불을 이용해 자신의 마법에 더할까, 갖가지 생각을 하는 중이라는 게 표정에 그대로 드러났다.

그러다, 다른 학생은 어떻게 하는지 살펴보기도 했다.

'그렇지. 아무것도 모르니 일단 탐색이 정답이지.'

따라 하려는 생각일 수도, 아니면 단순히 참고만 할 생각일 수 있다.

어느 쪽이 됐건, 자신에게 맞는 길만 찾으면 되니 잘못된 건 아니다.

난 내가 처음에 어떻게 탭 테이킹을 익히기 시작했는지 곰곰이 생각해 봤다.

내가 플레우드라는 걸 알게 되고, 플레우드는 어느 환경에 놓여도 최강의 위력을 낼 수 있다는 그 말에 기뻐하며 한참 연구할 때였다.

나도 당시엔 내세울 것이라곤 플레우드라는 것밖에 없다.

마법의 활용 면에선 엄청난 재능을 보이던 때는 아니었다.

그런 내가 활용했던 방법이…….

'아, 생각났다.'

난 곧장 모닥불 앞에 쪼그려 앉았다.

그리고 검지 끝에 작은 화염을 구현하고, 모닥불과 내 마법의 화염을 서로 합쳤다.

"뭐 해, 아르텔?"

헤이가 바로 반응했다.

"음, 생각해 보니까. 어차피 주변 환경을 이용한다는 게, 내 마법을 더 강하게 하는 거잖아?"

"그치."

"그 뜻은 환경과 내 마법이 합쳐진다는 뜻 아니야? 그럼 이렇게 내 마법이랑 모닥불을 합치고 있으면 자연스럽게 터득하지 않을까 싶어서."

실제로 내가 이렇게 터득했다.

전 대마법사라는 수식어가 부끄럽지만, 고백을 하나 하자면 난 머리가 그렇게 좋진 않았다.

여느 평범한 학생과 똑같았으며, 그저 플레우드라는 특별함만 가지고 있었을 뿐이다.

적어도 4서클까지는.

4서클을 넘기고, 5서클 생활을 하다가 스승님을 만나게 되며 내 인생은 한 번의 격변을 맞이했으니까.

아무튼, 난 이런 무식한 방법을 1년 가까이 반복하면서 탭테이킹을 터득했다.

헤이는 곧장 날 따라 했다.

정말 내가 하는 모든 행동과 말을 부담스러울 정도로 맹신하는 모습이다.

"으음……."

나와 똑같이 검지 끝에 작은 화염을 구현하고, 모닥불과 합친 상태로 헤이는 눈을 감았다.

지금 이 상태에선 무슨 생각을 하는지 모르겠으나, 그저 제대로 길을 찾길 바랄 뿐이다.

'나도 1년 정도가 걸렸지만, 헤이의 적응력을 보면 조금 더

빠를 수 있어.'

시선을 돌리던 중, 발라크와 눈을 마주쳤다.

그는 '오호' 하고 소리 내듯 입 모양을 똥그랗게 하며, 흥미로운 눈빛으로 우리 둘을 쳐다보고 있었다.

이런 식으로 길 찾기에 나선 학생은 없다는 뜻이겠지.

'난 언제 탭 테이킹을 이용할 줄 안다는 걸 알리면 될까?'

난 이제 그에게서 시선을 떼고 그 고민만 했다.

이미 할 줄 아는 거지만, 못 하는 척하는 게 더 힘든 순간이다.

시기적으로 언제가 적절할지 아직 판단할 수 없으니, 일단 다른 학생들의 진도를 보며 눈치껏 해야겠다는 생각이 들었다.

"아르텔."

갑자기 발라크가 날 불렀다.

"네."

"내일부턴 오전 10시에 모든 과목이 동시에 시작되는 거 알지? 그런데 넌 더블 캐스터라 한 원소의 수업만 들어야 하고."

"그렇죠."

"혹시, 어느 수업으로 들어올 생각이지? 엄청 궁금한데."

그는 특유의 능청스러움으로 물었다.

궁금하다는 걸 돌려 말하지 않는 것도 신선했다.

"여기, 불 원소요."

난 고민도 없이 답했다.

인자한 웃음을 머금은 발라크는 이유를 되물었다.

"어둠 원소는 이런 수업을 안 하던데요. 1클래스부터 하던 형식적인 마법만 알려 줘서 재미없어요."

사실 헤이가 있다는 이유가 가장 크지만, 나는 대충 둘러 댔다.

"다행이네, 재미있게 느꼈다니. 그럼, 계속해. 제법 획기적인 방법으로 다가가서 나도 보는 재미가 쏠쏠하네."

"예, 감사합니다."

'왜 내 수업 계획을 저리 궁금해할까?'

그는 분명 내 대답에 만족을 느꼈다.

저녁 시간이 되었을 때, 우리 삼인방은 다시 뭉쳤다.

유독 키에나의 표정이 밝았다.

아니, 정확히 말하면 무슨 푼수라도 된 듯이 연신 배시시 웃으며 '히힛'과 같은 이상한 소리를 내기도 했다.

아무래도 수업 중에 무슨 좋은 일이라도 일어난 모양이다.

"키에나, 왜 그래?"

내가 묻자 기다렸다는 듯이 키에나는 수업 중 일어난 일들을 늘어놓았다.

"선생님이 일단 내 신물 두 마리를 보고 칭찬했거든! 다른 학생들은 제대로 된 신물을 소환하지 못했어!"

자기 자랑이다.

하지만 저렇게 자신감이 충만한 모습은 보기 좋다.

그리고 이로써 확실히 알게 된 건, 키에나는 소환사 중에서 유독 독보적인 재능을 자랑하는 중이라는 것이다.

처음 그녀가 신물을 소환할 때 3서클 수준은 될 거라고 짐작은 했지만, 실제로 보니 키에나의 신물은 다른 학생과 비교도 되지 않는 수준이라는 거다.

"소환 과목은 몇 명이야?"

"네 명!"

"그중에서 키에나가 1등?"

"응! 게다가 선생님이 수석 대지 원소 학생도 이겼다면서, 어쩌면 이례적으로 소환 과목에서 수석이 나올지 모르겠다고! 모든 걸 알려 주겠대!"

"……."

얼마나 신이 났는지, 설명하는 내내 목소리가 크다.

하지만 그렇게 머리가 좋은 키에나도 선생의 말에 어폐가 있다는 것을 알아차리지 못했다.

칭찬이라는 기쁨에 망각한 것인지, 아니면 생각이 거기까진 닿지 않는 아직 어린 학생일 뿐인지는 모른다.

확실한 건, 1클래스에선 소환사는 원소사보다 강하다고 가르쳐 왔다는 것이다.

그런데 갑자기 3클래스에선 이례적으로 소환 과목에서 수석이 나올지도 모른다?

아주 오랫동안 소환 과목에선 수석이 등장한 적이 없다는 뜻이다.

원소사보다 강한 소환사라면, 클래스가 오를수록 원소사와의 격차는 심해지는 게 당연한 현상.

역시, 시대가 변했어도 소환사의 한계는 여전히 분명하게 남아 있다는 뜻이다.

그래도 저렇게 기뻐하는 모습에 찬물을 끼얹을 생각은 없었으니 잠자코 밥만 먹던 때였다.

"키에나, 3클래스 수업은 어때? 우린 주변 환경을 이용하는 법을 배우는 중인데."

헤이가 물었다.

서로 과목이 다르니, 중급 클래스라 불리는 3클래스는 과연 어떤 수업이 진행될지 궁금한 눈초리다.

"음…… 그런 거 없는데. 1클래스랑 비교하면 크게 차이 나는 건 없는 것 같아. 그저 신물의 종류가 뭐고, 특성이나 어떤 환경에서 자라 온 조상이 있는지 등등 그런 것만 알려 줘."

"우리랑 엄청 다르네."

소환사는 원소사와 달리 주변 환경을 이용할 수 있는 게 없으니 당연하다.

그리고 키에나가 답한 1클래스와의 차이를 모르겠다는 건

나로선 조금 의외다.

이건 분명히 차이가 존재하지만, 키에나는 밴시가 보유한 소환서 고대 서적을 이해할 만큼 공부에 흥미가 남다른 학생이다.

아마 그 영향으로 보였다.

저녁 식사까지 마치고, 각자 기숙사로 돌아가 쉬는 시간이 되었다.

3클래스 기숙사는 확실히 1클래스보다 넓었으며, 침대도 안락했다.

무엇보다 낡은 가구가 하나도 없다는 점이 유독 돋보이는 순간이었다.

"밴시는 잘하고 있으려나? 보고 싶네."

아직 밴시의 빈자리가 느껴지진 않는 나날이지만, 그래도 나와 동시대 사람이고, 같은 아픔을 가진 마법사다.

혼자 2클래스에 버린 것 같은 기분이 들어 썩 유쾌하진 않았다.

"내가 무슨 걱정을. 플레우드에 6서클이나 되는데 못할 리가 있어?"

그리고 침대에 몸을 눕혀 억지로 잠을 청했다.

잡념을 버리고 내일을 맞이하기 위해서다.

다음 날.

바뀐 교칙으로 인해 오전 10시에 모든 과목이 동시에 시작됐다.

난 헤이와 함께 불 원소 수업으로 들어갔고, 수업 내용은 어제와 똑같았다.

피워 둔 모닥불을 자신의 마법에 합치는 것.

다른 학생들에겐 머리가 지끈거리는 수업일지 몰라도, 내겐 휴식 시간이나 마찬가지다.

어제 했던 것처럼, 검지에 작은 화염 하나만 구현하고 모닥불에 넣은 채로 가만히 있었다.

그렇게 오전의 수업을 보내고, 점심시간까지 보내고.

3클래스의 학생 총원을 알 수 있었다.

쉰두 명.

1클래스보다 훨씬 많은 숫자다.

그런데 참 이상한 현상이다. 보통 클래스가 오를수록, 학생 총원이 줄어들기 마련인데 3클래스는 지금 거꾸로다.

아니, 0클래스와 1클래스 총원이 비정상적으로 적긴 했으니 오히려 정상이라고 봐야 하나.

어쨌든, 쉰두 명 중에 상위 6위를 차지해야만 다음 클래스로 갈 수 있다.

1클래스 때보다도 훨씬 난이도가 있는 졸업 조건이다.

그런데도 오늘도 모브는 아무런 소식이 없다.

학생들은 여전히 눈치를 보며 누구에게 대련을 걸지 나름의 심리전과 신경전을 벌이는 모양이다.

[순위표]

1. 아르텔, 키에나, 헤이 - 101

순위표도 달라진 게 없었다.

'그냥 내가 먼저 걸어 버릴까?'

그동안은 3클래스의 분위기를 좀 파악하느라 활동하지 않았다.

하지만 이제 어느 정도 파악했으니 슬슬 움직여도 될 때라고 생각했다.

"누구부터 시작할까?"

적당한 상대가 딱 한 명이 떠올랐다.

나는 즉시 모브를 이용해 대련 신청을 넣었다.

3분도 되지 않아 승인되었다.

도착한 대련장.

교수 퀼럼은 작은 의자에 앉아 대련장 문을 지키던 중이었다.

"이번엔 네가 먼저 신청했더라?"

여전히 까칠한 말투로 물었다.

내가 신청한 상대는 바로 켈레드.

특별한 의미가 있는 건 아니다.

그저 한 가지 확인해 보고 싶은 게 있어서다.

"이참에 수석이 누군지 확실히 하고 싶어서라고나 할까 요?"

하지만 퀼럼에겐 포부를 잔뜩 담은 답을 건넸다.

성적에 욕심내는 평범한 학생의 모습으로 보이게 하기 위 함이다.

"뭐, 그래. 6번 포털로 들어가라."

그녀는 별 관심 없는 듯이 답하고 대련장 문을 열어 줬다.

안으로 들어가니 6번 포털 앞에 이미 측정기 하나가 사라 진 상태다.

켈레드는 벌써 와서 안으로 들어갔다는 뜻이다.

나도 측정기를 착용하고, 빨간색 6번 포털 속으로 몸을 밀 어 넣었다.

"이야, 이건 우대 정도가 아니라 차별인데?"

불 원소 우대 대련장을 보자마자 든 생각이다.

대련장의 모습은 용암 지대.

가까운 곳에선 용암이 강줄기처럼 흐르고, 대지는 가뭄이 온 것처럼 쩍 갈라져 있다.

그 틈새에도 용암이 흐르고 있었다.

드문드문 용암이 튀는 곳도 있어, 뿜어내는 열기가 고스란히 피부를 훑으며 지나갔다.

불똥으로 인해 따가운 느낌도 들었다.

그리고 용암은 불도 집어삼킬 정도로, 한참이나 위에 있는 상위 자원.

이 용암을 자신의 마법에 이용만 할 수 있다면, 3서클 마법사가 다른 원소사 중 6서클 정도랑 맞붙는다고 해도 승산이 있을 정도로 파격적인 우대다.

우대라고 해도 발라크의 수업처럼 화구(火口) 몇 개만 있을 거라고 예상했지만, 완벽한 오산이었다.

하지만 공교롭게도 불 원소 학생 중엔 아직 탭 테이킹을 터득한 학생이 없었다.

따라서 이 훌륭한 환경을 이용할 수 있는 학생도 없다는 뜻이다.

'나 빼고.'

켈레드의 표정을 확인했다.

용암에 조금 겁먹은 듯했으나, 날 보더니 의기양양한 목소리로 물었다.

"어차피 불 원소 중에 탭 테이킹이 가능한 놈은 없잖아? 이렇게 훌륭한 무대가 있는데도 활용할 수 없다면, 쓰레기나 마찬가지지. 그건 너도 마찬가지고."

켈레드는 그 용어를 정확히 알고 있었다.

"그래?"

하지만 용어를 아는지, 모르는지 확인하자고 부른 게 아니다.

대답과 즉시, 튀는 용암 줄기 하나를 채찍의 형태로 만들어, 켈레드에게 날렸다.

그는 즉시 자신의 원소인 대지를 이용해 몸을 감싸는 벽을 세우며 내 마법을 막았다.

하지만.

콰과광!

나와의 첫 대련 때완 너무 다른 모습이다.

내 마법에 맞자마자 켈레드가 구현한 벽은 부서져, 모래로 변했다.

첫 대련 때 토렌트 볼을 아주 간단하게 막던 그의 모습을 생각하면, 지금 내 앞에 있는 사람이 같은 사람이 맞는 걸까 하는 의심이 들 정도다.

이 정도로 원소사에겐 주변 환경이란, 승패를 좌우하는 가장 큰 요소라는 뜻이기도 하다.

하지만 이 대련은 내가 이기려고 신청한 대련이 아닌, 켈레드의 탭 테이킹 수준을 확인하고 싶은 마음에 건 것.

아쉽게도, 그는 내가 기대한 수준이 아니다.

여기는 '용암지대'.

겉을 치장한 것은 용암이지만, 그 속엔 대지도 있다는 뜻이다.

엄연히 따지면 불 원소만을 위한 우대 대련장이 아닌, 대지 원소도 '어느 정도' 우대하는 환경이다.

탭 테이킹이 완벽한 수준이라면 겉에 있는 용암만 걷어내고 빨갛게 달아오른 대지를 마음껏 부릴 수 있게 되는 것이다.

대지 원소는 플레우드를 제외한다면, 6원소 중 가장 강하다고 평가받는다.

이유가 바로 주변 환경을 이용할 수 있는 경우가 많기 때문.

산이건 바다건, 겉을 포장한 다른 자연 속엔 대지가 필수적으로 들어가 있어서다.

애초에 우리가 사는 곳은 땅이라는 공간 위다.

아무리 깊은 바다도 가장 밑엔 땅인 바닥이 존재한다.

그 땅을 마음껏 주무를 수만 있다면, 상대가 누구든 어떤 원소사든 소환사든 무서울 게 없다.

'그걸 가장 잘한 녀석이 내 제자 라무스 트레샤지.'

아마 타일런트가 아니었다면, 대지 원소사 라무스 트레샤가 내 뒤를 이을 수 있을 정도의 재목이 되었을 거다.

어쨌든, 확인하고 싶은 건 확인했다.

하지만 기대 이상은 아니다.

탭 테이킹 수준을 초급, 중급, 고급 이렇게 세 단계를 나누자면 켈레드는 지금 완벽한 초급 단계다.

'3클래스라서 그런가? 날 놀라게 하긴 했지만, 그게 3클래스의 한계라고 받아들여야 하나?'

과연 3클래스 수석은 탭 테이킹이 가능하지만, 어디까지가 가능한지 내 눈으로 확인하고 싶었던 것이다.

"피곤하다. 끝내자."

따라서 대련을 무의미하게 길게 끌 이유도 없으니, 나는 끝낼 회심의 마법을 구현했다.

바로 옆에 흐르는 용암 바다를 폭포처럼 일으켜, 켈레드의 몸을 덮치는 마법이다.

"허억⋯⋯."

켈레드는 하늘을 향해 솟은 용암 파도를 보고, 지레 겁을 먹었다.

"이 미친⋯⋯! 이건 죽일 생각이잖아!"

이내 이어진 분노일지 정말일지 모르는 목소리.

하지만 확실한 건, 내 마법은 차마 반격이나 방어를 할 생각까지도 증발시켜 버리는 마법이라는 거다.

'죽일 생각은 아닌데.'

아무렴 내가 아무런 죄 없는 학생을 죽일까.

적당히 겁만 주려는 거다.

하지만 그러기엔 켈레드는 너무 과잉 반응을 보이는 것도 사실이다.

'그렇다면, 정답은 하나. 이 정도 마법을 구현하는 학생은 없다.'

켈레드 덕분에 3클래스 전체의 수준도 어느 정도는 알게 되었다.

그리고 용암 파도가 그의 몸을 덮치기 직전이었다.

"야⋯⋯야! 내가 졌어! 거둬 줘! 난 이거 못 막아아아!"

그는 진심으로 애원하는 목소리를 냈다.

그의 말을 듣자마자 난 마법을 거뒀다.

털썩!

거대한 마법이 사라지자, 다리에 힘이 풀렸는지 그 자리에 주저앉았다.

"⋯⋯미안해."

그리고 뜬금없이 건네는 한마디.

왠지 중요한 과정을 다 생략하고, 결론만 먼저 내놓는 느낌이었다.

"뭐가?"

"너 무시해서⋯⋯. 네가 이 정도로 괴물일 줄은 몰랐

어……."

"괴물?"

"어떻게 3클래스 2일 차인 네가 탭 테이킹을 이 정도로 할
수 있어……. 말도 안 돼……. 더블 캐스터라 가능한 거
야……?"

꼭 충격적인 모습에 넋이라도 나간 듯, 고개만 절레절레
저으며 혼잣말을 중얼거리기 시작했다.

그 모습을 보고 있자니, 나도 많은 생각이 들었다.

켈레드가 처음부터 우리 셋을 향해 대놓고 무시한 건 사실
이다.

그러나 그것은 순전히 평민 마법사 출신으로 자신의 손으
로 이룩한 수석이라는 결과를 뽐내는 순수한 마음이었던 것.

우리를 비하하고, 적대시할 의도가 없었다는 뜻이다.

내가 자신보다 훨씬 높은 수준이라는 걸 직감한 켈레드는
허무할 정도로 순응하는 모습이다.

약육강식을 철저하게 따르는 학생에 불과했던 것일지도
모른다.

"미안하면 측정기를 대."

그래도 결과는 결과다.

항복을 했으니, 나도 내게 주어진 결과를 수확할 생각이
다.

켈레드는 마치 내 부하라도 된 듯, 기꺼이 측정기를 내줬

다.

퍼석!

그렇게 대련은 끝이 났다.

❦

[순위표]

1. 아르텔 - 102

2. 키에나, 헤이 - 101

"저번보다 더 빠르네."

대련장에서 나와, 옆에 걸린 순위표를 확인할 때 큘럼이 건넨 말이다.

"예. 우대 대련장, 좋네요. 화끈하고."

"……."

그러나 내 대답에 그녀의 표정은 약간의 경계가 서렸다.

이제 막 1클래스에서 올라온 놈이 설마 그 우대 대련장의 효과를 톡톡히 봤겠느냐는 의심에서 우러난 반응일 거다.

"쟨 왜 저래?"

달라진 건 또 하나 있다.

켈레드는 이제 나를 쳐다볼 때 꼭 위대한 스승님을 만난 것처럼, 두 눈이 초롱초롱하게 변했다는 거다.

솔직히 나도 적응 안 되는 눈빛이다.

"⋯⋯모르겠는데요."

큘럼은 궁금함을 못 참는 성격인지, 곧장 모브를 활성화하고 주시하기 시작했다.

저게 바로 발라크 선생이 말한, 녹화한 영상을 확인하는 과정으로 보였다.

그 직후.

그녀의 표정이 한껏 굳어졌다.

이어서 영상을 전부 확인하고, 모브를 이용해 어딘가로 연락을 취했다.

─응, 누나.

발라크의 목소리다.

내게도 에버는 자신의 동생, 교수 큘럼은 누이라고 소개한 적이 있다.

아마도 둘이 따로 연락할 땐 저렇게 가족의 목소리를 내는 듯했다.

하지만 큘럼은 여전히 굳은 표정을 풀지 않았다.

"학생이랑 같이 있어. 호칭 똑바로 해."

─아. 네, 교수님.

"하나 묻고 싶은 게 있어. 아르텔 학생, 네 수업 진도에서 어땠지?"

이걸 내가 있는 이 앞에서 묻는 이유가 뭘까?

진도라고 묻는 것은, 불 원소 수업에 관한 것이 분명하다.

바로 주변 환경을 이용하는 그 수업.

이제 3클래스 2일 차.

난 아직 주변 환경을 활용하는 모습을 보여 준 적이 없다.

-아르텔요? 진도라 하면, 탭 테이킹(Tap-Taking) 수준을 말하는 거죠?

"그래."

-여느 학생이랑 똑같죠. 그런데 이건 제 형편없는 직감일 수 있겠지만, 곧 터득할 것 같아요. 다가가는 방식이 정말 혁신적이었거든요.

"그 말은. 어쨌든 오늘 수업까진 터득 못 한 모습이었다는 거지?"

-네. 그런데 갑자기 왜 그러시죠?

"아니야. 쉬어."

큘럼은 멋대로 연락을 끊고, 나를 쏘아봤다.

뭐, 눈빛만 봐도 알 수 있다.

'그 몇 시간 사이에 어떻게 익혔냐?'부터 '1클래스에서 막 올라온 네가 어떻게 저 수준이 가능하냐?' 등등.

얼굴에 나열된 질문들이 훤하게 드러났다.

생각해 보니, 굳이 숨길 이유가 없기에 이렇게 드러낸 것이다.

나는 더블 캐스터로 위장 중.

그래서 1클래스 때부터 내가 무슨 마법을 구현하든, 의심보단 '더블 캐스터는 저 정도 재능이 있나?' 하며 흥미를 보내왔다.

그리고 아주 고맙게도 난 지금 어린 학생의 몸이다.

큘럼이 무슨 질문을 하든…….

"몰라요, 하다 보니까 됐는데요?"

"어…… 이게 그렇게 대단한 수준인가요? 신기하네."

이렇게 잡아떼면 그만이다.

어린아이의 시치미는 증거가 하나도 남지 않는 완전범죄와 비슷하다.

심증은 있지만 심증만으로 추궁하고 결론을 내릴 수 없기 때문이다.

부담스러운 큘럼의 시선은 계속됐다.

"왜 그렇게 쳐다보세요?"

"그냥. 너 되게 재밌는 녀석이었구나?"

그런데 그녀는 아무것도 묻지 않았다.

"둘 다 대련 끝났으면 돌아가지? 또 할 거야?"

그러곤 내게 시선을 떼고 켈레드에게 물었다.

"아뇨! 아뇨!"

켈레드는 강한 부정의 표시로, 질겁한 얼굴로 고개를 세차게 저으며 양손을 흔들어 댔다.

그렇게 켈레드가 먼저 떠나간 뒤, 나도 기숙사로 돌아가려

할 때였다.

쿨럼이 기다렸다는 듯이 날 붙잡는 말을 건넸다.

"아르텔, 너 그거 아니?"

"뭘요?"

"네 탭 테이킹, 나조차도 배우고 싶은 수준이라는 거. 켈레드 재 눈빛이 왜 그렇게 바뀌었는지 알겠네."

"네?"

시비를 거는 건 아니다.

그렇다고 칭찬만 있는 것도 아니었다.

뭔가 함축적인 의미를 품은 시와 같은 그녀의 한마디였다.

"내가 네 나이에 그 정도로 할 줄 알았으면, 대마법사 자리도 노리고 싶었을걸."

"칭찬, 감사합니다."

늘 그랬듯이, 대화를 끝내려 했다.

고맙게도 쿨럼도 같은 생각이었는지, 대답은 생략하고 어서 들어가라는 손짓만 보였다.

그렇게 기숙사에 돌아와 쉬고 있었을 때, 소심한 노크 소리가 울려 퍼졌다.

'키아나나 헤이가 온다고 한 적은 없는데.'

하긴, 우리가 약속을 하고 만나는 사이인가?

지나가다가도 아무 생각 없이 들를 수 있는 그런 사이가 아니었던가.

난 아무런 거리낌 없이 문을 벌컥 열었을 때였다.

그런데 키에나도, 헤이도 아닌 갈색 머리 삼인방이 내 기숙사 방문 앞에 있었다.

켈레드와 그의 친구들이다.

"……뭐냐?"

너무 뜻밖의 손님이라, 나도 모르게 친절한 말투가 나가진 않았다.

켈레드는 쭈뼛쭈뼛한 모습으로, 손가락까지 꼼지락거리더니 어렵사리 입을 뗐다.

"저기…… 있잖아…….''

"뭐?"

"그…….''

도대체 무슨 말을 하고 싶길래 저렇게나 뜸을 들이는 걸까?

켈레드만 그런 태도가 아닌, 양옆에 있는 학생들도 똑같았다.

"할 말 없으면 들어간다."

"어떻게 해……?"

문을 닫는 시늉을 하자, 그제야 말문이 트였다.

"뭘?"

"탭 테이킹, 어떻게 하면 너처럼 완벽하게 할 수 있냐고."

켈레드가 대표로 묻고, 양옆에 있는 학생들은 그저 고개를 끄덕이기만 했다.

"우리에게 좀 알려 주면 안 돼……?"

그게 그렇게 알고 싶었던 모양이다.

하긴, 큘럼이 내게 남긴 말도 있었으니 직접 겪은 켈레드도 무리는 아니다.

게다가 대련이 끝난 뒤엔 눈빛이 갑자기 초롱초롱하게 바뀐 이유도 지금 그의 태도를 보니 전부 한 번에 설명되었다.

이 셋은 대련 방식도 같았다.

서로 좋은 게 있으면 공유하는 사이이니, 켈레드에게 듣고 같이 배우고 싶은 마음에 찾아왔겠지.

"흐음……."

난 이제 팔짱을 끼고 셋을 차례로 훑었다.

확실히 3클래스의 다른 학생들과 달리, 탭 테이킹을 구사할 수 있는 학생들이다.

얼마나 배우고 싶으면 첫날 대놓고 시비를 걸었던 학생들이 이젠 선생을 바라보는 눈빛을 하고 찾아올까?

정말 순수한 마음으로, 배울 게 있으면 배운다. 상대가 선생이건 학생이건 상관하지 않고.

세 학생은 이 마음가짐을 착실히 따르는 중이었다.

"너희들도 알잖아, 그게 알려 준다고 되는 게 아니라는 거."

하지만 현실적인 문제가 남아 있었다.

바로 탭 테이킹 자체가 내가 말한 대로, 알려 준다고 되는 게 아니라는 것.

모든 마법이 다 그렇지만, 유독 탭 테이킹은 그 정도가 심하다.

엄연히 말하면 순수한 재능의 영역이라고 할 수도 있기 때문이다.

"그렇긴 하지만…… 요령 같은 거라도……."

켈레드를 포함한 셋은 포기할 마음이 없었다.

애초에 저렇게 지독한 고집을 가지고 있었으니, 평민 마법사 출신인데도 3클래스에서 수석에 오를 수 있었고, 탭 테이킹도 남들보다 빨리 익힐 수 있었을 거라는 생각이 들었다.

이런 순수한 배움의 자세.

난 좋다.

셋을 보자니 전생의 마법 학교의 학생들이 떠올랐기 때문이다.

"너희 셋, 탭 테이킹을 익힐 때 어떻게 익혔는데?"

"그냥…… 돌멩이를 보면서 마법을 구현하고, 그 돌멩이를 내 마법에 합친다고 생각하면서……."

3클래스 불 원소 학생들이 썼던 방법 그대로다.

뭐, 나와 적대시하는 학생들도 아니니 작은 팁 정도는 건네줘도 상관없겠다고 판단했다.

"도움이 될진 모르겠는데, 난 다르게 익혔거든."

그러자 셋의 눈망울이 다시 빛났다.

"손에 돌멩이를 쥔 상태에서 마법을 구현해 봐. 돌멩이가 마법에 완벽히 흡수되면 그다음은 바위, 또 그다음은 우리가 서 있는 이 땅 그 자체 같은 식으로. 단계별로 해 보라고."

어쨌건, 탭 테이킹은 자연과 마법을 하나로 합치는 일.

내가 헤이에게 알려 줬던 것과 똑같은 방법이다.

불은 손에 쥘 수 없으니 마법을 구현한 채로 안에 넣는 차이가 있었던 것뿐이다.

"오!"

셋은 내 대답에 크나큰 만족을 느낀 표정이다.

확실히 자신들이 해 본 적 없던 방법이기에 그런 것으로 보였다.

"고마워! 아르텔!"

이젠 내 이름을 친근하게 부르기까지.

순수해서 좋다.

그렇게 켈레드가 돌아가려고 하던 찰나, 뜬금없는 걸 하나 내게 물었다.

"저기, 나중에 내 탭 테이킹 수준을 네가 보고 평가해 주면 안 돼? 네가 말한 대로 연습하고, 수준이 좀 더 오르면 보여 줄게."

그런데 날 너무 선생님으로 모시는 듯하다.

"네 담당 선생님한테 보여 주면 되잖아. 난 대지 원소는 몰라."

"으음, 그런가?"

"어, 나 말고 네 담당 선생님한테 보여 주고 평가받아. 내가 누굴 평가할 수 있는 사람은 아니라서."

"내가 보기엔 충분히 그런 사람인 것 같은데……."

내 말에 켈레드가 모기만 한 목소리로 중얼거렸다.

"나 이제 들어간다."

쓸데없는 소리가 이어질까 무서워 얼른 들어가려 할 때였다.

"저, 저기……! 아르텔!"

켈레드가 내 팔목을 붙잡으며 다급하게 말했다.

"왜 또?"

"우리 수준이 조금 더 오르면…… 그때는 네 친구가 될 수 있어……?"

이건 또 무슨 소리일까 싶다.

"3클래스에 있는 학생 전부가 친구지. 나랑 친구 되는 데에 필요한 수준이라는 게 있어?"

"넌 더블 캐스터잖아! 그에 걸맞은 친구가 되어야지!"

"맞아! 우리 셋 다 네 친구들한테 졌잖아! 대등한 수준은 되어야지! 그래야 너도, 우리도 창피하지 않잖아!"

도대체 뭐가 창피하고 창피하지 않은지는 모르겠지만, 어린애들의 생각 아니겠는가.

아마 이들이 이런 생각을 가지게 된 데에는 1, 2클래스에서의 본 가문의 마법사의 영향이 큰 것 같았다.

가문의 마법사도 구성 가문이냐, 대표 가문이냐에 따라 서열을 정리하려는 학생들이 있었기 때문이다.

0클래스부터 러쉘도 그랬고, 1클래스에서 헤어진 하페르트도 그랬다.

내게는 다 부질없는 일이지만, 아무것도 모르는 이 학생들에게 설명한들 시간만 들이고 성과는 없는 일이다.

"그래, 좋을 대로 생각해라."

난 그렇게 애매한 답만 내줬다.

"고마워! 아르텔!"

하지만 셋은 그 대답도 만족스러웠는지, 그대로 홀연히 떠나갔다.

나는 기숙사 문을 닫고, 침대에 가만히 누워 생각했다.

'친구라, 될 리가 없지.'

지금 걷고 있는 길이 같다고, 목적지가 같을 순 없다.

같은 시대에 살고 있다고 서로가 같은 시간 속에 사는 것은 아니다.

학생들은 4클래스로 나아갈 미래를 위해 살지만, 난 과거인 300년 전 죽음의 복수와 잘못된 마법 사회의 인도를 위해 살아가고 있으니까.

하지만 그 자리에서 거절하면 기껏 오른 학구열이 식어 버린다고 생각해, 일단 대답만 그렇게 한 거다.

적어도 난 배움에 순수함을 갖는 그런 학생들을 좋아하기 때문이다.

'열심히 해라, 켈레드 삼인방.'

내가 올해에 졸업해서 다음 클래스로 떠나 버리기 전에 성장한 모습을 조금이라도 봤으면 좋겠지만, 아마 그건 힘들겠지.

난 반드시 올해를 끝으로 3클래스를 떠날 거니까.

1년 안에 그 셋이 성장할 수 있을 거라는 기대는 들지 않았다.

다음 날, 불 원소 수업에 들어갔을 때 난 모닥불을 활용하는 모습을 보여 줬다.

어차피 어제 대련에서 큘럼이 용암까지 다루는 걸 봤으니, 발라크의 귀에도 들어갔을 게 뻔했기 때문이다.

"멋지네, 아르텔."

발라크는 특별한 반응은 보이지 않고, 형식적인 칭찬만 남겼다.

하지만 나를 바라보는 다른 학생들의 선망을 가득 품은 눈빛들.

전부 부러움과 존경을 담아낸 눈빛들이었다.

어떻게 1클래스에서 올라온 지 며칠 되지도 않은 애가 벌써 저게 가능하지?

이게 더블 캐스터의 재능인가?

각자 그런 생각을 하고 있을 터였다.

"감사합니다."

"하지만 너 혼자만 성공했다고 너를 위한 수업을 따로 진행할 순 없어. 수업은 모두를 위한 거니까."

"알아요."

"그래, 이해해 주니 고맙네."

난 발라크의 태도가 이상하다고 느꼈다.

쿨럼도 그렇고.

내가 비정상적인 빠른 성장을 보이는데도 오히려 놀라긴 커녕, 그러려니 하며 방관하는 저 모습.

분명 무슨 의미를 가진 행동인 것 같지만, 그게 뭔지 도무지 모르겠다는 게 문제다.

발라크는 그 뒤로도 내게 시선 한 번 주지 않고 수업을 계속해 나갔다.

난 헤이가 어떻게 하는지 그저 지켜볼 뿐이었다.

🌺

내가 탭 테이킹을 해내고, 일주일쯤 흘렀을 때였다.

"오……? 어? 아?"

나 다음으로, 헤이가 탭 테이킹을 해냈다.

다만 나와 조금 다른 게 있다면, 헤이가 마법을 구현하면 교실 안에 있는 모닥불 전체가 헤이의 마법으로 빨려 들어간다는 점이었다.

"……."

발라크는 그런 헤이와 나를 번갈아 보며 말을 잇지 못했다.

나도 내 눈으로 직접 보고도 믿기지가 않았다.

헤이는 그저 얼떨떨한 표정이었지만 마법을 구현하자마자 주위 환경을 빨아들이는 것, 이건 본질적으로 다르다.

탭 테이킹은 주인이 없는 자연의 요소를 잠시 자신이 '빌려 오는' 것이라고 보는 게 맞다.

하지만 헤이의 것은 꼭 강제로 남의 것을 뺏는 도둑이라는 느낌이다.

다행히 발라크는 그런 깊이까진 느끼지 못한 듯했다.

"헤이…… 학생도, 정말 빠르게 터득했네. 어떻게 했지?"

"……그냥 하다 보니까 이렇게 됐네요?"

"뭐, 그래. 아르텔이랑 같이 쉬고 있어."

"네."

열두 명 중 두 명만이 성공.

그런데 그 두 명이 1클래스에서 3클래스로 직행한 학생이라는 게 문제다.

기존에 3클래스에서 계속 수업을 듣던 학생들은 여전히 오리무중이다.

무리도 아니다.

내 전생을 기준으로 하더라도, 이 구간에서 가장 많은 학생들이 포기하곤 했으니까.

그리고 가장 시간이 오래 걸리는 구간이었다.

평균적으로는 3년에서 5년.

그러나 크게는 20년까지 넘긴 학생이 있을 정도로 편차가 심했다.

하지만 헤이의 성공이 학생들에겐 실마리가 되었을까?

이제 남은 열 명의 학생은 전부 나와 헤이가 썼던 방법을 그대로 따라 하기 시작했다.

아무래도 이것만이 정답이라고 받아들인 모양이다.

"아르텔, 네 방식대로 하니까 확실히 쉬운 것 같아."

헤이의 귓속말이다.

"……그래?"

하지만 난 시원하게 답할 수 없었다.

아무리 그래도 일주일 만에 해낼 수 있는 구간이 아니기 때문이다.

아니, 이는 마법 학교 역사를 통틀어 정말 손에 꼽을 정도의 재능이다.

'더블 캐스터인 나라는 존재 때문에 헤이의 재능이 잠시 가려진 건가?'

정말 생각 많이 들게 하는 헤이의 성장세다.

0클래스, 1클래스에서 늘 고전을 면치 못하던 학생이 어떻게…….

복잡한 생각을 정리하려는 순간, 모브에 새로운 공지 사항이 날아들었다.

[학생 능력 평가 추가안]

보유 포인트 200 이상인 학생에겐 특권 하나가 주어집니다.

바로, 200포인트 전부를 사용하고 교수에게 면접을 신청하는 것.

면접 후 통과한 학생은 학생이 원할 때 특별 전형을 받아 2단계 위인 5클래스로 학기 중 언제든 향할 수 있습니다.

그럼, 이 교수는 학생 여러분의 많은 면접을 기대합니다.

작성자 : 에드 쿨럼

이상 증세

수업 중에 날아든 공지 사항.

이건 또 무슨 수작일까 싶었다.

이 추가안이 나오기 전까지 200포인트는 특혜가 없었다.

그저 200포인트인 상태에서 한 번이라도 지면 포인트 전부를 빼앗기는 치명적인 페널티만 있었다.

그런데 이번엔 특혜도 생기게 된 것이다.

가장 눈여겨볼 것이, 교수 면접에 합격하면 졸업식까지 기다리지 않고 바로 특별 전형을 받아 5클래스로 갈 수 있다는 점.

분명히 구미가 당기는 특혜다.

하지만⋯⋯.

"아르텔, 5클래스면 고급 클래스 아니야?"

헤이가 물었다.

그리고 그게 내가 걱정하는 이유다.

3클래스에서 아무리 잘해, 특별 전형으로 5클래스를 간다고 쳐도, 그곳은 아예 차원이 다른 세상이 펼쳐진다.

한번 이런 상상을 해 봤다.

만약 나와 헤이, 키에나가 다 함께 200포인트를 획득하고, 교수 면접까지 통과해 5클래스에 갔다고 가정하자.

하지만 5클래스에서 6클래스로 넘어가는 시험도 1클래스, 3클래스에서 거친 것처럼 대련을 통한 포인트 보유량으로 결정한다면?

나는 괜찮지만, 키에나와 헤이는 일주일도 못 버틴다.

그만큼 5클래스의 학생 수준은 현재 이 둘이 감당할 수 있는 수준이 아니라는 뜻이다.

게다가 동반 입학 제도 때문에 둘이 퇴학당하게 되면 나도 세트로 묶이니, 과연 이게 특권일까 싶었다.

달리 생각해 보면 어차피 200포인트를 가진 상태에서 단 한 번이라도 지면 0이 된다.

그로 인해 1클래스에서도 단 한 번의 대련으로 하페르트가 퇴학이 확정되는 결과를 낳기도 했다.

3클래스에서 나는 질 리가 없지만, 헤이와 키에나는 어떨지 모른다.

헤이는 1클래스에서도 상성인 물 원소에게 뒤처지는 모습을 보였으니, 3클래스에서도 예외는 아닐 것.

키에나는 딱히 두드러진 단점은 없지만, 만에 하나의 일을 생각해야 했다.

하지만 만약 200포인트를 보유했다고 가정했을 때, 한 번이라도 지면 0이 되고, 키에나나 헤이에게 찾아올 수 있는 난관이다.

만약 그렇게 남에게 뺏길 포인트라면, 차라리 전부 사용해서 교수 면접을 보는 게 효율적으로 훨씬 값어치가 있다고 생각했다.

그래도 문제는 여전히 남아 있는데, 바로 교수 면접의 정체도 모른다는 것이다.

'이렇게 되면 내가 200포인트를 먼저 쌓고, 면접의 정체를 알아내야 하나?'

나로서도 정말 답답하기 그지없는 상황이다.

하루라도 빨리 위로 올라가서 에타르를 만나 에밋 가문의 일화와 내 죽음을 목격한 뒤에 왜 이렇게 변했는지 등등 알아낼 것이 산더미지만, 동반 입학이라는 덫 때문에 혼자 행동할 수 없어 우리에 포획당한 야수 꼴이다.

아무리 날카롭고 단단한 이빨과 발톱을 가졌다고 한들, 그 힘을 제대로 쓰고 있질 못하니 말이다.

'동반 입학만 아니면 어떻게든 됐을 것 같은데.'

무엇보다 불합격 시엔 어떤 처우가 내려지는지에 대한 설명이 없으니, 도박 수가 너무 짙게 느껴졌다.

"아르텔?"

깊은 생각에 잠긴 탓에 그의 질문에 답하지 않자 이제 헤이가 팔꿈치로 나를 툭 치며 다시 물었다.

"아, 어. 고급 클래스지. 5서클이니까."

"우와, 5클래스! 우리가 갈 수도 있지 않을까? 이거 봐. 학기 중에 원할 때 언제든 갈 수 있다잖아. 그 말은 올해 중에 합격만 하면 졸업식을 하기도 전에 간다는 거 아냐?"

방금 탭 테이킹을 해내서인지, 저 말을 하는데 긴장감이 느껴지기는커녕 오히려 자신감만 가득했다.

"……그렇지."

5클래스의 수준을 제대로 모르니 지금 저런 자신감이 생기는 거다.

헤이는 분명 재능이 있는 건 확실하지만, 5클래스에서 무난하게 버틸 수 있는 수준은 아니다.

그건 아마 키에나도 마찬가지일 거다.

애초에 소환사인 데다 소환술을 제대로 다룬 지 몇 년이 되지도 않은 키에나에게 5클래스는 대마법사의 자리에 오르는 것과 마찬가지일 거다.

소환사는 6서클이 한계라는 태생을 안고 있으니까.

방금 날아든 공지 사항은 꼭 나를 콕 집어서 '너만 5클래스로 와라.'라고 말하는 것같이 느껴지는 건 기분 탓이 아닌 것 같았다.

"5클래스라, 가고 싶다. 아니, 도전해 볼까, 아르텔? 할 수 있을 것 같은 기분이 막 샘솟는데? 우린 수석도 잡았잖아?"

헤이는 천진무구한 표정을 지으며 물었다.

"……."

난 그저 고개만 살짝 끄덕일 뿐이다.

'이거 자칫 잘못하다간 독이 될 수 있겠어.'

수업이 끝나고, 난 대련장을 찾았다.

교수 퀼럼에게 몇 가지를 확인하기 위함이다.

"대련도 없는 녀석이 왜 또 기어 왔지?"

"궁금한 게 있어서요."

이젠 저 투덜대는 퀼럼의 말투도 익숙해진 터라 자연스럽게 내 본론만 꺼냈다.

"뭔데?"

그녀의 물음에 방금 날아든 공지 사항을 펼치며, 물었다.

"저같이 동반 입학은 셋 다 200포인트가 넘어야 이 면접을 볼 수 있는 건가요?"

"그건 아니야."

쿨럼은 생각하는 척도 하지 않고 곧장 답했다.

"그럼요?"

"한 명만 보고 싶으면 그럴 수 있어."

"면접에 통과하면 그 뒤는 어떻게 되는 거죠?"

"뭘 어떻게 돼? 거기에 다 적혀 있잖아. 원할 때 언제든 5 클래스로 간다고."

그 말이 아니지 않나.

의도를 알면서 일부러 모르는 척하는 것만 같았다.

"만약 저만 통과하면 나머지 둘은 어떻게 되는 거냐고 묻는 겁니다."

내가 조금 강경하게 나가자 그녀의 표정도 조금은 진중하게 변했다.

"동반 입학 제도 때문에 묻는 거 아닌가? 한 명이라도 퇴학이 결정되면 나머지도 함께 퇴학되는 거."

"잘 아시네요."

"안 그래도 너희 셋에게 따로 공지하려고 했는데, 마침 잘 됐네."

그녀는 대답 대신에 자신의 모브를 보여 줬다.

교수 전용 모브였는데, 이 학교의 교장 에드 에타르에게서 온 공지가 떠올라 있었다.

[동반 입학 제도 변경안]

-현재 동반 입학 학생은 다섯 개 분교 중, 에드 분교만이 유일하다.

-따라서 교장 재량껏 해당 교칙을 변경, 추가, 삭제할 수 있는 권한이 있다.

-동반 입학 제도는 같은 클래스에 있는 학생에게만 그 효력을 발휘한다.

-즉, 구성원 중 한 명이 실력을 검증받아 다음 클래스로 넘어갔다면, 남은 구성원만 서로 같은 클래스에 있으니 해당 학생들에게만 동반 입학 제도의 효력이 발생하는 것이다.

"이제 됐니?"

"……."

참…….

희한하다.

뭐라 할 말이 사라지게 만드는 에타르의 공지 사항이다.

과거를 돌이켜 보자.

0클래스는 특별한 게 없었으니 그냥 넘어가고.

1클래스 때부터를 곱씹어 봤다.

갑자기 주간 공동 수업인 대련 과목을 월간으로 바꾸는 것도 모자라, 2학기 땐 아예 해당 과목을 없애고 학생들끼리 매일 경쟁하게 만들었다.

6클래스로 향하는 길을 절벽이라고 비유한다면, 에타르는 일부러 올라오지 못하게 미끄러운 돌, 가시덤불 등등 온갖

장애물을 설치해 한사코 방해만 해 왔다.

그런데 지금은 갑자기 어서 오라며 레드 카펫이라도 깔아 줄 기세다.

'아니, 이미 이 정도면 깔아 놓은 건가?'

왜 갑자기 이렇게 내게 호의적인 태도를 보이는지는 역시 알 수 없다.

"됐냐고."

큘럼이 재차 물었다.

"아뇨, 하나 더 남았는데요."

"물어봐."

"그 면접에 통과하면 원할 때 5클래스로 향하는 건 알겠는데, 반대로 불합격하면요? 그땐 어떻게 되는 거죠?"

그런데 내 질문을 듣고는 꽤 흥미로운 표정을 지으며 뜬금없는 소리를 늘어놓았다.

"의외네? 면접에서 뭘 하는 거냐고 묻는 게 아니라 불합격의 대가가 뭔지 다 묻고. 넌 이미 네가 면접을 볼 거라 확실하고 묻는 말 같은데."

"네."

어차피 200포인트를 모으는 건 내게 어렵지 않다.

오후 시간 내내 활용하면 하루에 열 번의 대련도 거뜬하니, 길게 잡아야 20일이다.

한 달도 채 걸리지 않고 5클래스에 갈 수 있고, 동반 입학이라는 제약도 사라지는 것이니 나에겐 놓칠 이유가 없는 기회다.

그래서 숨기지 않고 당당하게 답했다.

"면접이 뭔지는 궁금하지 않고?"

"딱히요."

솔직히 말하면 궁금하긴 하지만, 무슨 과제를 내게 내주든 전혀 상관이 없다.

어차피 내가 불합격할 리가 없으니까.

"뭐, 그래. 좋아. 그렇게 거만할 수 있는 실력을 갖췄으니 뭐가 됐든 상관없다, 이거 아냐? 마음에 들어. 그런데 알려 줄 순 없다."

"왜죠?"

"그렇게 궁금하면 네가 면접을 보고 불합격해 보든가."

어쩐지 고분고분하다 했더니, 조금이라도 기대한 내가 바보다.

"예, 알겠습니다."

쿨럼에게 더는 알아낼 것이 없으니 그대로 고개만 까딱거리며 몸을 돌렸다.

"얼마나 걸릴 것 같냐, 네 생각에?"

그녀가 내 등 뒤에서 물었다.

"뭘요?"

"네가 내 면접을 보기까지."

"글쎄요. 이번 달 안에 가능할 것 같은데."

"생각 외로 늦구나? 네 패기와 실력이라면 2주도 안 걸릴 거라고 생각했는데. 내가 너무 과대평가한 건가?"

자꾸 태도도 변하고, 정신도 오락가락한 모습을 보이니 썩 달갑진 않았다.

마음 같아선 이 자리에서 링킹을 연결해 그 생각을 헤집어 보고 싶었지만, 쓸데없는 일이니 그건 관두기로 했다.

어차피 올해, 아니 1학기 중으로 난 3클래스를 떠난다.

떠날 사람이니 가기 전에 문제를 만드는 것보다 조용히 있다가 가는 게 더 좋지 않겠나?

어차피 5클래스에 올라가면, 에타르가 있는 곳 문턱까지 다가가게 되는 건데 굳이 경솔한 행동을 할 필요는 없다.

"칭찬, 감사합니다."

늘 그렇듯, 난 이 한마디로 대화를 끝냈다.

"딱히 칭찬은 아니지만 뭐, 상관없나? 아무튼 네 면접, 고대하며 기다리지."

퀼럼도 꼭 지지 않겠다는 듯이, 의미심장한 한마디를 남겼다.

그날 저녁.

식당엔 나와 키에나, 헤이가 모였다.

셋이 나란히 앉으며 식사를 즐기던 때, 오늘 날아든 공지 사항에 대해서 먼저 입을 연 건 키에나였다.

"아르텔!"

"왜?"

"우리 1학기 중에 5클래스로 갈 수 있지 않을까? 오자마자 수석도 이겼는데! 충분히 가능성이 있어 보이는데!"

맙소사.

키에나까지 5클래스에 흥미를 가질 줄이야.

그렇다고 그게 잘못된 건 아니다.

충분히 1클래스부터 높은 성적을 유지하며 넘어왔으니 그만큼 자신감이 붙은 상태고, 뭐든 할 수 있을 거라 생각하고 있을 터다.

하지만 5클래스의 실태를 알고 있는 나는 그저 말을 아꼈다.

5서클에 갈 수 있어도 적응은 못 할 거라는 비참한 말을 하고 싶지 않아서였다.

"응? 응? 어때? 아르텔? 할 수 있을 것 같지 않아?"

내가 말을 아끼자 귀찮을 정도로 팔꿈치로 날 툭툭 치며 대답을 강요했다.

"응, 나도 그렇게 생각해."

하는 수 없이 시선은 주지 않고 그저 무미건조한 대답만

뱉을 뿐이었다.

"헤이! 3클래스 애들은 이상하게 대련을 안 거는데, 그건 우리가 무서운 거겠지?"

이제 키에나의 대화 상대는 헤이에게로 넘어갔다.

"당연하지! 입학하자마자 수석을 잡았는데! 다들 그거 때문에 무서워하고 있을 거야!"

"그럼 우리가 이제 먼저 걸자! 기다릴 필요가 뭐가 있어! 200포인트를 빨리 모으면 그만큼 5클래스로 가는 날이 빨라지는데!"

둘의 마음은 벌써 저 위, 5클래스에 있는 듯하다.

그렇게 식당에서 키에나와 헤이는 내일부터 대련을 시작하자는 결의를 보이며, 하루를 마감하기 시작했다.

기숙사로 돌아온 난 깊은 생각에 빠졌다.

'처음엔 나도 어떻게 될지 모르니 내 추종자로 만들기 위해 키우면서 올라가자고 생각했지만…….'

나의 첫 계획과 달리, 어쩌면 이번에 그 둘을 버리고 나 혼자만 올라갈지도 모른다는 생각이 들었다.

그래도 여기까지 끌고 온 학생들인데.

너무 나만 생각하고, 내 길을 위해서 매몰차게 그 둘을 버리는 건 아닐까?

이런 일말의 가책이 느껴지기도 했다.

사실 1년이 조금 넘는 시간에 3클래스에 도착한 것도 일반 학생들은 꿈에서도 못 볼 기적이다.

평민 마법사 기준으로 최소 3년은 걸렸을 시간인데, 상황이 받쳐 준 것도 무시할 순 없지만 적어도 둘이 제 손으로 멋지게 거머쥔 결과들인 건 확실하다.

내 도움이 있었다고 한들, 어디까지나 직접 행한 건 그 둘이었기 때문이다.

"아무리 그래도 안 될 것 같아."

난 고개를 절레절레 저었다.

역시 둘을 데리고 5클래스로 가는 건 나를 위해서도, 둘을 위해서도 할 수 없고, 해선 안 된다고 마음을 확실히 먹었다.

내가 이 학교의 최상층인 6클래스에 올라가는 이유는 단 하나.

에드 에타르가 변한 이유를 알기 위해서다.

1클래스 생활을 하다 밴시를 만나게 되었고, 밴시는 에타르에게 씻을 수 없는 상처를 입었다.

난 믿고 싶진 않았지만, 지금 교장인 에타르가 하는 짓을 보면 믿을 수밖에 없었다.

동시에 에타르는 내가 되살아난 것을 알면 죽일 녀석이라고 생각하고 있기 때문이다.

따라서 에타르와 싸우고, 그 위에 있는 타일런트와도 싸워야 한다.

헤이와 키에나를 함께 데리고 가면 그 싸움에 강제로 동참

시키는 꼴이다.

부모도 없이 아무것도 모르고 평화롭게 살아온 둘을 피가 튀기고, 살육만이 난무하는 전장으로 밀어 넣게 되는 일이다.

처음 추종자로 만들겠다고 생각했을 땐, 적어도 성장 시간을 클래스당 1년으로 잡았다.

최소 6년의 시간을 벌면 어느 정도로 만들 수 있다고 생각했다.

하지만 상황이 계속 바뀌어 2년도 되지 않는 시간에 5클래스로 갈 수 있게 된 상황.

그런 환경인지라 키에나와 헤이를 데리고 5클래스에 가는 건 무리라고 판단했다.

"어쩔 수 없지."

아름다운 이별이 있다면 이런 이별일 거라고 믿고 싶었다.

셋이 밑의 세계의 보육원을 시작으로 0클래스까지 동고동락했지만, 난 이제 그 무리에서 빠져야 할 시기가 온 것이다.

"이건 설명할 수 있는 게 아니니까. 내가 선을 먼저 그어야지."

300년 전 시작된 어른들의 싸움에 어린이들은 빠져야 할 때다.

내일부턴 철저하게 혼자서 5클래스로 갈 준비를 하겠다고 다짐했다.

"······이렇게 되면 밴시를 2클래스에 놓고 온 게 악수가 되어 버렸네."

애초에 이 학교가 내가 교장으로 있던 마법 학교라면, 6클래스로 향하는 길을 알고, 귀찮은 고생도 하지 않고 곧장 향할 수 있었다.

하지만 여긴 에타르의 학교.

모든 것이 에타르의 뜻대로 움직인다.

그렇기에 난 학생의 몸과 신분을 가졌으니 교칙을 따르며 열어 준 길만 걸어야 했기에 이런 상황에 놓인 것이다.

내일부턴 철저하게 키에나와 헤이를 무시하기로 다시 한 번 다짐했다.

꽃

검사 사회 꼭대기.

여느 때와 같이 봉인석을 지키는 대검사 불카토스 밀턴에게 귀한 손님이 찾아왔다.

어린이의 몸체만 한 팔뚝, 다부진 체격.

부리부리한 인상에 칼날을 심은 듯한 날카로운 머리카락까지.

그야말로 검사라는 신분에 적합한 인상착의다.

"가렌트 님."

현 대검사 불카토스 밀턴은 그를 보자마자 예의를 갖춰 무릎 한쪽을 꿇었다.

그의 이름은 오리안트 가렌트.

대검사 밀턴이 이렇게 가렌트라는 인물을 어려워하는 이유는 단 하나.

검사들의 수명은 마법사와 달리 평균 100년.

그런 검사들 중에서 유일하게 400년을 살고 있는 인물이었으며, 자신을 기준으로 3대 전 대검사였기 때문이다.

400년이나 생이 지속되는 이유는 가렌트 본인을 포함해 아무도 모른다.

그저 불가사의한 일이다.

400년이나 살고 있음에도 외모는 젊었을 적을 그대로 간직해, 마치 400년 전에 오리안트 가렌트에게만 시간이 멈춘 듯했다.

그는 대검사직을 후배들에게 물려주고, 지금은 검사 사회의 검사 의회장을 맡고 있었다.

"밀턴."

"예, 가렌트 님."

"내가 자리를 비운 사이에 약간 시끄러운 일이 있었던데."

그가 경직된 표정으로 말했다.

밑의 세계를 마법사와 검사의 거리 두 영역으로 나눈 일을 말하는 것이다.

본래 절차대로라면 검사 의회를 통해 다수결의 동의를 득해야만 했는데, 밀턴은 혼자서 판단하고 진행했기 때문이다.

그는 가렌트가 이곳까지 찾은 이유를 그 사안을 문제 삼기 위해서라고 생각하고, 지레 겁먹었다.

"……면목 없습니다. 추궁과 책임은 달게 받겠습니다."

"잠깐."

가렌트는 검지를 입술에 가져다 댄 후, 봉인석을 가리키며 한 가지를 물었다.

"연결, 끊어 놓은 거 맞지?"

이에 밀턴은 다시 한번 확인하고 고개를 끄덕였다.

그제야 경직된 표정이 한껏 풀렸다.

"아니야, 책임은 무슨. 그냥 무슨 상황이 있었길래 네가 독단적으로 결정했는지 직접 듣고 싶어서."

밀턴은 당시 타일런트와 있었던 일들을 상세하게 설명했다.

"그랬구나. 타일런트 그 자식이 또 무슨 꿍꿍이가 있으니 그랬겠지? 이것도 내 마법사 친구의 죽음과 연관이 있는 일인가."

마지막 말은 혼잣말처럼 중얼거리며 얼버무렸다.

"가렌트 님은 전 대마법사, 아르키스 에이머와 함께 이곳을 지켰다고 하시지 않았습니까?"

"그랬지. 그 녀석 얼굴은 본 적이 없지만, 그 봉인석을 통해 자주 나와 대화했거든. 말이 꽤 많은 마법사였어."

가렌트는 봉인석을 가리키며 말했다.

지금은 밀턴과 타일런트가 서로 연락하는 봉인석이다.

"어쨌든, 추궁하러 온 건 아니야. 그저 어떤 상황인지 너에게 듣고 싶었을 뿐이고. 그래도 영역이 둘로 나뉘면서, 아직까지 마찰은 없다고 들었어."

"그거 다행입니다. 그런데 가렌트 님의 마법사 친구분과 연관이 있다는 건 무슨 말씀이십니까? 300년 전에 죽은 마법사인데 왜 이제야……?"

"그건 나도 모르지. 난 검사라서 마법 사회에 간 적이 없잖아. 하지만 확실한 건 지금 대마법사인 타일런트 그놈이 제 스승이자 내 친구인 에이머를 죽일 때, 내가 그걸 다 듣고 있었어. 바로 네가 서 있는 그 자리에서."

당시 봉인석에서 피가 튀기는 소리, 신음 등등 상황을 유추할 수 있는 적나라한 소리가 그대로 흘러나왔다.

하지만 마법사와 검사 사이의 규율이 있었고, 그걸 듣고 있었다고 한들 가렌트는 아무것도 할 수 없었다.

애초에 검사 사회에서 마법 사회로 넘어갈 길 자체가 없었으니, 할 수 있는 건 그저 묵묵히 듣는 것뿐이었다.

"에이머 그 녀석이 이끌었을 때만 해도 마법 사회를 제법 괜찮은 사회라고 생각했는데 정권이 바뀌더니 너무 삭막해졌다는 말이야. 우리를 향한 적대감도 심해졌고."

가렌트는 어느덧 과거를 회상하며 두서없는 말을 늘어놓았다.

"그때 에이머랑 대화하는 게 참 재밌었는데……."

"무슨 대화를 그렇게 나누셨습니까?"

"녀석은 검사 사회와 교류하고 싶어 했거든. 그래서 검사들이 뭘 좋아하는지, 검사들은 어떻게 개인 수련을 하는지 등등 많이 물었어."

듣고 있던 밀턴은 놀랄 수밖에 없었다.

지금의 대마법사인 타일런트와는 너무 태도가 다른 사람이었기 때문이다.

"선대 대검사들께서 괜히 그런 말씀을 하신 게 아니군요."

'검사들도 부러워할 정도로 아름다웠던 하얀 대마법사의 마법 사회'에 대한 이야기를 상기한 것이다.

"검사들도 에이머에 한해선 제법 호의적이었으니까. 저 철문 안에 든 놈만 없어지면 꼭 교류하자고 나랑 약속했거든. 나도 그건 찬성했고."

이젠 사일러드가 봉인되어 있는 철문을 가리키며 말했다.

말만 들으면 마법 사회와 검사 사회는 하나로 합쳐지는 문턱까지 간 것으로 보였다.

"어쨌든, 잘 알았어. 대신 여기까지 왔으니 너한테 하나 양해 좀 구하자."

"예, 말씀만 하십시오."

"네 친위대 지휘권, 나한테 넘겨라."

"……예?"

"왜? 싫어? 친위대는 대검사의 자산이라서?"

"아닙니다. 고작 대검사에 지나지 않은 제가 어떻게 검사 사회의 상징적인 통솔자 가렌트 님의 말씀을 거역하겠습니까? 그저 이유를 알고 싶어서 그럽니다."

가렌트 그가 대검사보다 높은 직위를 가진 것은 단순한 이유다.

400년이나 살고 있으며, 과거의 일을 모두 알고 있는 유일한 검사.

삶의 지혜가 깊은 노인을 공경하듯, 가렌트가 대검사직에서 물러났음에도 검사들이 그에게 검사 의회장이라는 직위까지 주면서 그의 권력을 유지시키려는 것이었다.

검사들에겐 400년 전 일이 그저 동화 속 이야기지만, 가렌트만은 유일하게 모든 걸 기억하는 사람이니까.

유대감과 존경심이 깊은 검사들 사이에선 그런 가렌트가 자연스레 대검사보다도 위에 있는 인물이 된 것이다.

"말씀하기 곤란하면 안 하셔도 됩니다."

"아니야. 너, 타일런트의 최종 목표가 뭔지 모르지?"

"……예?"

다시 가렌트는 봉인석과 철문을 번갈아 가며 가리켰다.

"저 안에 든 놈의 힘을 봉인석이 흡수하면 검은색으로 변하지. 벌써 검은색 비율이 7할에 가까워졌네. 내가 있을 땐 3할 정도였는데."

"……."

"타일런트가 제 스승인 에이머를 죽인 이유가, 자신의 것으로 만들려는 저 힘을 에이머가 없애려 했기 때문이거든."

"왜 그토록 힘을 갈망하는 걸까요, 대마법사는……."

"내가 그때 엿들었을 땐, 강한 자신이 마법 사회를 이끌겠다고 했어. 하지만 힘을 얻은 놈이 마법 사회 하나로 만족할까? 힘에 눈멀어 제 스승을 죽이고, 밑의 세계까지 영역을 나눈 놈인데?"

답은 너무나 뻔했다.

이미 대마법사라는 직위로 마법 사회를 손안에 넣은 타일런트다.

탐욕스러운 그이니 거기에서 멈추지 않고 이곳, 검사 사회까지 노릴 것이라는 게 가렌트의 예상이었다.

이상하게도 밀턴은 부정하고 싶은 마음이 들지 않았다.

타일런트의 지난 행적만 봐도 그게 정답이었기 때문이다.

"그래서 친위대 지휘권을 가져가시려는 게……."

밀턴은 그제야 이유를 알았다.

"거기에 이거. 여기에 오기 전에 퀼트 할멈을 보고 왔거든."

퀼트라는 할머니는 검사 사회에 있는 '미친 할머니'라는 별명을 가진 사람이다.

하지만 그녀의 조상이 마법사였기에 그런지, 검사들에게 없는 비상한 능력이 있었다.

바로, 예언의 능력.

적중률은 높지 않다.

사소한 예언들은 전부 틀렸기 때문이다.

하지만 검사 사회에 지대한 영향을 끼칠 큰 사건에 대한 예언들은 전부 적중했다.

대표적으로 대검사가 언제 바뀔지 등등 큰 사건엔 유독 신통한 모습을 보였다.

그런 영향 탓인지, 그녀는 정신이 온전치 않다.

예언을 할 때만 그나마 잠시 정상으로 돌아와 하고픈 말을 하고 다시 정신이 나간 상태로 돌아가는, 검사 사회에선 제법 유명한 예언가 할머니다.

가렌트는 밀턴에게 작은 종이 한 장을 건네줬다.

자세히 펼쳐 보니, 쪽지가 아닌 그림이다.

후드형 로브를 뒤집어쓴 사내들 몇 명.

그들 위에 떠 있는 보름달.

마법사를 표현한 것 같았다.

그리고 마법사와 대치하는 자들은 검사와 형식이 같은 갑옷과 검으로 무장한 사내들.

그들 위에 떠 있는 태양.

이는 검사를 표현한 것 같았다.

"퀼트 할머니께서 그리신 겁니까?"

"응, 그걸 그리면서 이런 말을 했어. 예언 같아."

"……무슨 말씀을?"

퀼트는 검사와 마법사 둘 다를 포함한 예언은 단 한 번도 한 적이 없다.

그만큼 중대한 일이니, 밀턴은 저도 모르게 긴장하게 되었다.

"'제 세상을 등진 사제들. 그런 사제들은 새로운 세상을 찾았다.'라고."

그것이 퀼트가 내린 예언이다.

"제 세상을 등진 사제들이라……."

밀턴은 그 말을 곱씹으며 그림을 다시 살폈다.

대마법사를 상징하는 보름달.

하지만 검사 사회에서 대검사를 태양으로 상징하지 않는다.

대검사는 그저 하나의 직위일 뿐이고, 마법사들처럼 호칭의 은어가 존재하지 않았기 때문이다.

보름달을 등진 마법사들.

그리고 태양을 등진 검사들.

그런데 서로 다른 두 세력의 시선이 맞닿는 곳이 하나 있었다.

바로 하늘.

태양도 달도 없는 빈자리의 하늘을 두 세력이 일제히 바라보고 있었다.

밀턴은 그림과 퀼트가 뱉은 예언을 조합해 보다가 입을 열었다.

"가렌트 님께선 퀼트 할머니의 예언이 마법사와 검사 들의 전쟁을 가르킨다고 믿는 거군요."

"응. 제 세상을 등진 사제들, 여기에서 사제는 우리를 기준으로 하자면 꼭 대검사와 그를 따르는 검사들을 말하는 것 같잖아. 마법 사회도 마찬가지고."

그건 밀턴도 동감이었다.

"그런 그들이 새로운 세상을 찾았다는 건, 두 세력이 전쟁으로 인해 자신들의 세상이 없어지고 어쩔 수 없이 한곳에 공존하게 된다는 게 아닐까 싶은데."

그것이 가렌트의 해석이다.

"그리고 공존하는 그 세상이 밑의 세계가 될까요, 이 위의 세계는 둘 다 소멸하고?"

"난 그렇게 생각한다. 우리 검사 사회가 있는 이곳도 고대 마법사들이 만든 곳이잖아. 어쨌든, 확실한 건 전쟁은 못 피할 것 같다는 거야. 그러니까 준비해야지."

"알겠습니다."

"넌 저 봉인석의 검은색이 9할이 되어 갈 때 검사 의회로 따로 연락해. 난 그때가 전쟁이 개막할 시기라고 생각한다."

"명심하겠습니다."

🕸

오늘부터 철저하게 키에나, 헤이와 담을 쌓고 사는 날의 시작이다.

일부러 같이 밥을 먹지도 않았고, 마주쳐도 인사도 하지 않았다.

둘은 당황한 눈초리였지만, 아직은 이상한 걸 느끼지 않았는지 별다른 말은 하지 않았다.

오전 수업이 끝나고 점심시간에도 난 일부러 키에나와 헤이를 피해 다녔다.

내 기숙사에 찾아와도 없는 척, 대답도 하지 않자 이젠 모브로 미친 듯이 연락이 오기 시작했다.

물론, 전부 깔끔하게 무시했다.

"아르텔 오늘 왜 그러지? 기분이 되게 안 좋아 보였는데?"

문밖에서 들린 키에나의 목소리다.

"헤이, 오늘 수업 중에 무슨 일 있었어?"

"아니, 나도 무슨 일인지 궁금해. 내가 말을 걸어도 아무 말도 안 하고. 나를 꼭 유령 취급하던데."

"어디 아픈가……?"

둘은 진심으로 걱정하는 목소리였다.

그렇게 두 사람은 30분 가까이 내 기숙사 앞에서 서로 대화를 주고받다가 사라졌다.

'자, 그럼 나도 이제 본격적으로 시작해 볼까?'

오늘부터 닥치는 대로 대련을 걸어 최단기간으로 200포인트를 만들고, 5클래스로 갈 계획의 시작이다.

그로부터 며칠 지나지 않은, 불 원소 수업 시간이었을 때다.

"아르텔, 요즘에 무슨 일 있어? 밥도 같이 안 먹고 말도 안 하고. 왜 그래?"

헤이가 내게 물었다.

"아무것도."

계속 말을 안 하는 것도 오래 지속할 순 없으니, 최소한의 대답만 하기로 했다.

"아무것도가 아니잖아. 키에나가 얼마나 걱정하는데, 너 갑자기 너무 차가워졌다고."

돈독한 사이가 이럴 땐 독으로 다가온다.

내가 하는 사소한 행동 하나하나를 지켜보는 사람이 있다는 게 지금에 와선 그다지 달갑게 느껴지지 않았다.

이 둘에게 악감정이 있는 건 아니지만, 끊어야 할 선을 단칼에 자르고 싶을 뿐인데 그게 뜻대로 되지 않아 조금 불편했다.

"아무것도 아니니까 걱정하지 말라고 해."

"너 진짜 이상해. 그리고 이거 봐 봐."

헤이는 자신의 모브를 현상화하고 순위표를 보여 줬다.

[순위표]

1. 아르텔 - 112

"요즘 갑자기 대련에 미친 것처럼 오후 내내 대련만 하잖아, 우리랑은 말도 안 하면서."

그냥 아무것도 묻지 말았으면 좋겠다.

정말 진심으로.

"헤이."

"응, 아르텔."

"그냥 난 열심히 할 뿐이야. 문제가 있거나 한 거 아니니까 괜찮아. 신경 쓰지 마."

"어떻게 신경 안 써? 5클래스로 가려고 이렇게 대련만 해서 포인트를 모으는 거 아니야? 어차피 5클래스는 우리 셋 다 같이 가야 하잖아. 혼자만 너무 앞서가네."

아직 헤이는 제대로 묻지 않은 듯했다.

그렇다는 건 키에나도 셋이 함께 갈 수 있는 거라고 믿는 중일 거다.

'그래, 차라리 모르고 있어라. 그게 더 마음 편할 거다.'

전생에서 너무 오랜 기간 혼자였기 때문일까?

한번 이어진 연을 끊는 법을 모르겠다.

그래서 이렇게 아무 말 없이 조용히 사라지는 게 정답이라고 믿는 것이다.

그런데 내 시선을 사로잡은 건 순위표 1위 밑에 나열된 2위였다.

2. 키에나, 헤이 - 110

"……너희 언제 이렇게 많이 했어?"

놀라면서 물었다.

둘이 똑같은 포인트를 유지하고 있기에 공동 2위에 당당히 이름을 올렸다.

"거봐, 너 이상한 거 맞다니까. 순위표도 여태 확인 안 하고 계속 대련만 했다는 거 아니야?"

그랬다.

어차피 내가 포인트를 얼마나 쌓았는지 실시간으로 확인할 이유는 없으니까.

철저하게 키에나와 헤이를 피하고, 오후만 되면 바로 대련장에서 살다시피 하던 나날이었다.

"우리도 너랑 함께 5클래스로 가려고 노력 중이니까. 너무 빨리 달리지 마. 따라가기 힘들어."

헤이와 키에나는 진심으로 5클래스에 함께 갈 생각인 듯하다.

'아니야, 그러면 안 돼.'

하지만 난 기다려 줄 마음은 없다. 내가 원하는 이상적인 상황은 나만 홀연히 사라지는 것이다.

"그래, 알았어."

그래서 속과 다른 답을 뱉었다.

꽃

[순위표]

1. 아르텔 - 199

2. 키에나, 헤이 - 198

4. 켈레드 - 172

5. 쿠페 - 168

6. 실크 - 164

정확히 3주가 지났을 때의 순위표다.

난 이제 한 번만 더 하면 200포인트.

키에나와 헤이는 공동 2위.

켈레드와 그의 친구들은 나란히 6위 상위권까지 차지한 모습이다.

내 시선은 공동 2위인 키에나와 헤이에게 멈춰졌다.

'이건…… 너무한데?'

둘 다 단 한 번도 진 적이 없이 나와 나란히 상위권을 달리기를 무리 없이 소화하는 중이다.

아니, 키에나는 그렇다고 치자.

그런데 헤이는 어떻게 3클래스에서 오자마자 이렇게 확 바뀌었는지 모를 지경이다.

심지어 머리카락이 이젠 전부 빨간색으로 변했다.

머리카락이 본연의 색을 잃고, 원소가 가진 고유의 색으로 완전히 물들었다는 건 동화율이 약 80%라는 뜻.

나머지 20%가 눈동자이기 때문이다.

헤이는 말도 안 되는 성장세를 다시 보이고 있었다.

동화율로만 보자면 충분히 5클래스에 발을 들일 수 있는 자격이 있지만, 어떻게 이게 가능할까 싶었다.

3클래스에 온 지 이제 고작 한 달이다.

그런데 그 한 달 사이에 이렇게나 성장을 한다?

절대 불가능하다.

어지간한 천재…… 아니, 천재도 이건 안 된다.

이건 꼭 성장하는 게 아니라 그간 할 수 있었는데 일부러 못 하는 척, 연기를 하다가 이제야 정체를 드러내는 것만 같았다.

기다려 주지 않고 내 멋대로 고삐 풀린 망아지처럼 달리고 있는데, 그걸 또 바짝 붙어서 둘 다 열심히 따라오고 있다니…….

예상에 없는 일이다.

"헤이, 뭔가 이상해."

내가 내린 결론이다.

여태껏 살면서 이렇게 미친 성장세를 보인 학생은 단 한 명도 없었다.

전생에서 대마법사였던 나도, 3클래스 단계에서 저런 성장세는 불가능했다.

아니, 마법 사회 역사상 일어난 적이 있을까 싶을 정도의 재능이다.

쿵.

쿠웅!

쿵!

그때, 복도에서 요란한 소리가 들렸다.

지금은 깊은 밤이기 때문에 학생들은 전부 곤히 자고 있을 시간이다.

그런데 이 시간에 어째서 복도에서 저런 소리가 들려오는지 의아했다.

문을 슬쩍 열고 복도를 살피는데, 앞이 깜깜해서 아무것도 보이질 않았다.

'이상한데. 복도에 불이 꺼진 적은 단 한 번도 없는데.'

누가 일부러 끄고, 짙은 암흑을 깔아 놓은 것처럼 눈을 뜨고 있음에도 내가 시력을 잃은 것만 같은 착각이 들 정도다.

쿵! 쿵!

그런데 소리는 아주 가까운 곳에서 들렸다.

자세히 들어 보니 발소리다.

일부러 걸을 때 힘을 잔뜩 주어서 요란한 소리가 나는 것으로 보였다.

'도대체 이 시간에 누가 이렇게 걸어?'

불은 전부 꺼진 상황이라 아무것도 보이지 않으니, 손가락 끝에 작은 화염을 구현해 횃불처럼 만들었다.

그러자 화염이 뿜은 빛 덕분에 암흑의 복도 일부분이 환하게 비쳤다.

상당히 익숙한 뒷모습 하나가 고개를 푹 숙이며 어딘가로 향해 요란한 발소리를 내면서 걷는 중이었다.

'저거…… 헤이인데?'

비틀비틀 걷는 것이, 몽유병이라도 걸린 것만 같은 걸음걸이다.

평소 몸이 튼튼한 헤이의 걸음걸이라곤 할 수 없었다.

수상함을 느낀 내가 즉시 복도로 뛰쳐나가 헤이의 뒤를 밟

앉을 때였다.

헤이의 옆에 또 낯이 익은 뒷모습 하나가 더 있었다.

바로 키에나다.

키에나도 헤이와 똑같이, 고개를 푹 숙인 채로 똑같은 걸음걸이로 걸어가기 시작했다.

"키에나······? 헤이?"

둘은 내가 불러도 아무런 대꾸를 하지 않았다.

그저 무언가에 홀린 것처럼 큰 발소리를 내며 어딘가로 향하고 있을 뿐이다.

"······니다."

"······로."

둘에게 점차 가까워지자, 둘의 목소리가 들려왔다.

자세히 들으니 둘은 뭔가를 중얼거리면서 큰 발소리를 내고 걷는 중이었다.

"······니다."

"곳······으로."

"헤이, 키에나. 무슨 소리야?"

난 그 둘을 추월해 몸으로 앞을 막았을 때, 그제야 비로소 둘이 무어라 중얼거리는지 제대로 들을 수 있었다.

"본래의······ 곳으로······ 돌아갑니다."

"조각이 합쳐지는 곳으로······."

알 수 없는 주문 같은 소리를 해 대는 둘.

'본래의 곳? 조각이 합쳐지는 곳?'

단순한 몽유병이라고 하기엔, 둘은 너무 비슷한 주제를 말하고 있다.

하지만 푹 숙인 고개 때문에 표정이 제대로 보이지 않는다.

나는 양 손바닥에 화염을 구현하고, 둘의 얼굴을 비췄다.

"……헤이, 키에나."

둘 다 눈에 초점이 없다.

꼭 정신을 누군가에게 빼앗기고, 자아를 완전히 잃은 듯한 모습이다.

"키에나!"

일단 키에나의 몸을 잡고 정신을 차리도록 흔들었을 때였다.

크르르르……!

"……?"

그 순간, 키에나의 어깨에서 신물 모양의 검은 그림자가 솟아났고, 내 손을 절단시키려는 기세로 물어뜯으려 내 손을 덮쳤다.

다행히 반응할 수 있어서 손을 곧장 떼고, 몇 걸음 뒤로 물러섰다.

그러자 키에나의 어깨에서 나온 검은 그림자는 이내 키에나의 몸 앞으로 튀어나왔고, 실체화되었다.

눈높이가 나와 같은 검은 말.

실체화된 늑대는 키에나를 지켜 주려는 것처럼, 큰 꼬리로 키에나의 몸을 따뜻하게 감쌌다.

크르르륵!

그리고 날 보면서 날카로운 이빨을 사납게 드러냈다.

'이건 신물이 아니야. 게다가 검은색.'

늑대의 눈은 피를 갈구하듯 새빨갛다.

난 이런 늑대를 전에 한 번 본 적이 있다.

450년 전, 보름달 전투에서.

'키에나가 왜…… 그놈이랑 똑같은 소환술을……?'

사일러드가 소환했던 몬스터 중 하나다.

"방해물은…… 소멸시킵니다."

그때 헤이의 입에서 이상한 말이 흘러나왔다.

그와 동시에 헤이의 등에서 사람의 손 모양을 한 검은 그림자가 수십 갈래로 펼쳐져 나왔다.

꼭, 헤이의 몸에 수십 명의 망령이 깃들기라도 한 것처럼 튀어나온 흉측한 검은 그림자의 손들은 나와 키에나까지 감싼 다음에 사라졌다.

그 직후, 난 믿을 수 없는 광경과 마주했다.

학교의 복도는 온데간데없이, 광활한 대지가 나타났다.

생기가 하나도 느껴지지 않는 회색의 대지.

이 땅에 선 것만으로도 몸의 생기가 쭉쭉 빨려 나가는 것만 같은 곳이다.

'어둠 원소 공간 창출 마법.'

7서클 정도는 되어야 구현이 가능한 마법.

학교의 교수직들이나 사용할 수 있는 고급 마법이라고 할 수 있다.

그런데 헤이가 그런 마법을 구현한 것도 모자라, 불 원소가 아닌 어둠 원소를 선보였다.

'헤이가…… 더블 캐스터?'

아니다.

헤이가 더블 캐스터일 리가 없다.

부정하고 싶었지만, 지금 헤이가 구현한 마법은 뭐라고 설명할까?

틀림없는 어둠 원소 마법이며, 상당히 높은 서클의 마법이다.

"방해물은 소멸……시킵니다."

헤이는 계속 똑같은 말을 뱉으며 손바닥을 하늘을 향해 쫙 폈다.

쿠구구구궁-!

그러자 헤이의 손바닥으로 검은 기류가 회오리처럼 모여들더니 이내 거대한 구체를 생성하기 시작했다.

"말도 안 돼……."

어둠 원소 9서클 마법, 보주화.

헤이가 지금 그걸 하는 중이다.

헤이가 보주화 구현을 시작하자, 키에나의 검은 늑대는 몸집이 더 커져 키에나를 완전히 품에 안았다.

꼭 보주화의 피해를 전혀 받지 않도록 제 몸을 바쳐 보호하려는 움직임 같았다.

헤이의 보주화는 결집이 빨랐다.

단기간에 최대 크기로 부풀어 오르면서 어둠 원소 보주화의 영향으로 난 아무것도 볼 수 없게 되었고, 촉감까지 사라졌다.

'뭐가 뭔진 모르겠지만……!'

헤이가 왜 갑자기 어둠 원소를 사용하는 건지, 그것도 단일 원소 최고 마법이라 불리는 보주화를 저렇게 간단하게 구현할 수 있는 건지.

지금 그런 걸 알아낼 시간 따윈 없다.

나는 일단 저 보주화부터 걷어 내야 한다는 생각만으로 플레우드 보주화를 구현하기 시작했다.

그때.

움찔.

불길한 기운이 느껴졌다.

시각, 촉각이 막힌 지금 이 상태에서 이런 기운이 느껴진다는 건 딱 하나.

본능적으로 아는 거다, 헤이의 보주화가 나를 향해 다가오고 있다는 것을.

왜냐, 300년 전 꼭대기에서 타일런트가 나를 죽일 때 사용한 마법이 바로 저것이니까.

이미 한번 경험한 적이 있으니, 본능이라는 녀석이 알려 주는 중인 것이다.

어서 방어하라고.

무력화시킬 플레우드 보주화를 구현하는 건 시간적으로 무리다.

따라서 시전 시간이 보주화보다 상대적으로 짧은 온갖 방어 마법을 몸에 둘렀다.

빽─!

촉감은 없지만, 분명히 묵직한 무언가가 내 몸에 닿은 소리가 났다.

콰아앙─!

그 직후, 굉음이 터져 나왔다.

정신을 차려 보니 3클래스 복도에 난 멀쩡히 누워 있었다.

헤이와 키에나는 나와 똑같이 복도에 누워 자고 있었다.

"……."

이게 갑자기 무슨 일일까?

헤이가 느닷없이 어둠 원소를 다루고, 키에나의 소환수도 사일러드가 부렸던 소환수와 똑같은 모습이라니.

둘의 몸을 흔들어 봤지만, 둘은 깊은 잠에 빠져 꿈쩍도 하지 않았다.

나는 주위를 살폈다.

처음 이 복도로 나왔을 땐 불이 전부 꺼진 상태였지만, 지금은 언제 그랬냐는 듯이 환하게 켜진 샹들리에가 나를 비추는 중이었다.

일단 난 헤이와 키에나를 각자 기숙사에 데려다 놓고, 내 기숙사 방으로 돌아왔다.

키에나는 사일러드의 소환술, 헤이는 어둠 원소…….

그 부분을 깊게 생각하지 않을 수 없었다.

그러다 문득 떠오른 하나의 일화.

0클래스 때, 스승님의 책을 읽으면서 분명 헤이는 검은색이 떠오른다고 했었다.

그렇기에 난 당연히 어둠 원소를 가질 거라고 예상했지만, 결과는 불 원소.

그런데 오늘은 어둠 원소를 자유자재로 다뤘다.

마치 원래부터 그 정도는 우습게 할 수 있었다고 말하는 것처럼.

더블 캐스터가 맞긴 하지만, 어딘가 다르다.

첫째.

헤이가 다룬 어둠 원소 마법은 타일런트와 견줄 수 있는 수준이라는 것.

그러나 자의로 다룬 게 아닌, 뒤에서 누군가가 조종하는 느낌이 들었다는 것 때문에 나도 확정을 지을 수 없었다.

키에나도 마찬가지다.

평소에 소환한 소환수는 분명 완벽한 신물인데, 오늘만은 사일러드의 소환수와 똑같았다.

사일러드가 소환하는 소환수는 신물이라 부르지도 않고, 몬스터라고 부른다.

신물은 상징적이며 성스러운 동물이지만, 사일러드가 부리는 소환수들은 그저 살육에만 초점을 맞춰 생김새도 흉측하고 성스러움이란 찾아볼 수 없었기 때문이다.

키에나가 소환한 검은 늑대가 딱 그런 모습이었다.

"도대체 어떻게 된 일이냐······."

생각해 보니, 0클래스에서의 일화 하나가 더 있었다.

바로 미하엘 러셀이 레지 선생을 비롯해 0클래스 학생 전원에게 섬광 마법을 구현했을 때였다.

분명히 그때 헤이와 키에나는 아무런 반응도 보이지 않았다.

그건 즉, 러셀의 마나가 둘에게 영향을 줄 수 없었던 수준이라는 걸 뜻한다.

하지만 1클래스 생활에서 라믹 비르에게 밀리는 모습을

보여서 일시적인 현상이라고 생각했다.

그러나 그건 일시적인 게 아니었다.

헤이의 성장세가 말도 안 됐기 때문이다.

그래서 꼭 그간 할 수 있는데 일부러 못 하는 척한 게 아닐까 싶었는데, 아무래도 그게 정답 같았다.

헤이에와 키에나 속엔 무언가 있다.

나조차도 감히 측정할 수 없는 무언가가.

하지만 여전히 직면한 문제는 둘 다 자아를 가지고 구현한 마법이 아니라는 것.

완벽히 의식이 없는 상태에서 벌어진 일이다.

그 말은 아직 스스로 제어할 수 있는 능력들이 아니라는 뜻이기도 했다.

보통 이런 경우는 딱 하나.

유전에 지대한 영향을 받은 것이다.

혹시 키에나와 헤이의 출생에 무슨 비밀이라도 있는 걸까?

그걸 알아내고 싶어도, 밑의 세계에서 자란 보육원은 이미 사라진 상태.

혼자서 알아낼 순 없었다.

여러 상황을 종합하고, 난 하나의 결론을 내렸다.

'5클래스엔 혼자 가기로 했지만 계획 수정. 둘을 데리고 간다.'

헤이는 어둠 원소를 타일런트와 견줄 정도로 다루고, 키에나는 사일러드의 소환수를 부린다.

지금 당장 알아낼 순 없으니 옆에서 지켜보며 그 실마리를 찾기 위함이다.

만에 하나, 둘이 사일러드나 드라코 가문과 작은 연결 고리가 존재할 수 있기 때문이다.

키에나가 중얼거린 '조각이 합쳐지는 곳'.

헤이도 같은 뜻의 말을 중얼거렸다.

무엇을 뜻하는 말인지는 모른다.

그걸 알아내기 위해 이 둘을 데리고 5클래스로 가기로 계획을 수정한 것이다.

어쨌든 이들은 그 조각이 합쳐지는 곳에 가야 한다는 뜻이니, 그곳에 모든 정답이 존재할 것이니까.

일단 난 내일이 오길 기다렸다가, 내일 둘의 상태를 한번 보기로 했다.

다음 날 아침이 되었을 때, 일부러 키에나와 헤이를 불러 같이 식당으로 왔다.

"웬일이야? 그동안 늘 혼자 먹더니 오늘은 같이 먹자고 하고?"

헤이가 물었다.

표정은 상당히 시원했고, 컨디션도 좋아 보였다.

"그냥."

답하면서 키에나의 표정도 슬쩍 확인했다.

헤이와 별반 다를 게 없다.

그렇게 셋이 나란히 앉았을 때, 내가 형식적으로 물었다.

"잠은 잘 잤어? 표정이 좋아 보이는데."

"응! 학교에 들어온 이후로 최고로 잘 잔 것 같아. 엄청 개운한데?"

"헤이 너도? 나도 이상하게 머리가 맑고 엄청 개운해!"

"그런데 너희 둘, 어제 말이야."

"어제? 어제 뭐?"

내가 본론을 물으려 하자, 둘은 그저 말똥한 눈망울을 하고 영문을 모르겠다는 표정을 지었다.

"밤에……."

"밤? 어젠 피곤해서 일찍 잤는데 무슨 일이라도 있었어?"

"나도 어젠 일찍 잤는데."

둘 다 어제의 일은 아무것도 기억 못 하는 모습이다.

난 조용히 입을 다물었다.

어제 그런 대형 마법을 구현하고도 최고조의 컨디션이라니.

특히 헤이는 1클래스에서 잦은 번아웃으로 나름 고생을

한 몸인데, 그런 수준의 마법을 구현하고도 오히려 개운한 기분이라는 게 의아하다.

'그러고 보니, 3클래스에선 번아웃이 오지도 않았잖아.'

지금 성적을 보면 꽤 무리한 대련 일정이었는데도 아무렇지도 않다.

그렇다면 답은 하나.

헤이는 3클래스에서 쌓은 경험 덕에 안에 내재되어 있던 정체 모를 능력이 슬슬 개화하는 시기라는 뜻이다.

"아니야. 키에나, 헤이."

"응!"

둘은 기다렸다는 듯이 활기차게 답했다.

"너희 두 번만 이기면 200포인트잖아."

"아르텔이 갑자기 대련을 열심히 하길래 나도 뒤처지지 않으려고 열심히 했지! 우린 같이 본교로 가기로 약속했잖아!"

키에나의 답이다.

"그래, 오늘 200포인트 모으고 내일 같이 면접이나 볼까?"

어제의 일을 겪은 내가 내린 결론이다.

교수가 무슨 면접을 준비했을진 몰라도 둘은 충분히 통과할 수 있을 거라는 확신이 들었다.

"그러자!"

키에나는 그저 천진난만하게 답했다.

헤이도 마찬가지였다.

오전 수업은 특별한 일 없이 보내고, 오후 자유 시간이 찾아왔다.

난 기숙사에 틀어박혀서 모브만 계속 주시하고 있을 때였다.

[순위표]

1. 아르텔, 키에나, 헤이 - 199

얼마 지나지 않아 순위표엔 또 한 번의 변동이 일어났다.

200포인트까지 남은 포인트는 단 1.

헤이와 키에나에게 모브로 메시지를 보냈다.

-마지막 1포인트. 다들 힘내자.

-키에나 : 아르텔도 힘내자! 아자아자!

-헤이 : 우와, 우리가 5클래스 시험을 다 보다니! 그런데 불합격하면 어떻게 되는 거지……? 공지 사항을 뒤져도 그런 건 안 나와 있어.

-키에나 : 안 된다는 생각은 하지 마! 우린 할 수 있어. 여태껏 그래 왔잖아?

-헤이 : 확실히……. 아르텔도 있으니까 괜찮겠지? 그런데 면접은 다 같이 보는 건가, 아니면 따로 보는 건가?

생각 외로 헤이는 면접의 상세한 것을 궁금해했다.

반면에 키에나는 그저 낙천적인 모습.

그간 둘의 성향을 비교하면 둘이 바뀌기라도 한 느낌이다.

─만약 따로 보게 되더라도 다 같이 본다고 하면 되지. 우린 동반 입

학이잖아.

─키에나 : 아르텔 천재!

─헤이 : 그런 방법이······.

─아무튼, 이따 보자.

연락은 그쯤에서 마무리하고 곧장 다음 대련 상대를 찾아

신청했다.

역시, 대련 신청은 3분도 되지 않아 곧장 승인되고 대련장

으로 향했다.

도착한 대련장 입구.

쿨럼에게 한 가지를 건의했다.

"뭐? 이번 대련은 원소 우대 대련장을 상대방에게 주라

고?"

"네."

3클래스부턴 신청자 원소에 맞는 우대 대련장이 주어진다.

199포인트를 모으기까지 난 계속 불 원소 우대 대련장만 이용했다.

하지만 3클래스의 마지막 대련이라고 생각하니, 다른 원소의 우대 대련장은 어떤 모습일지 그저 궁금해서 그런 거다.

어차피 우대 대련장 하나를 내줘도 내가 질 리는 없으니까.

"너랑 대련할 학생이 누구였지?"

큘럼은 이제 명단을 살폈다.

"미하엘 러쉘?"

"네."

199포인트를 모으기까지 러쉘에게 단 한 번도 대련을 건 적이 없었다.

러쉘도 무슨 바람이 불었는지, 3클래스에 들어오고 나선 내 눈에 띈 적이 없다.

꼭 의도적으로 나를 피하는 느낌이 들 정도로.

"그런데 왜 굳이 우대 대련장을 상대에게 넘겨주려는 거지?"

"그냥, 다른 원소 우대 대련장은 어떤 모습일지 궁금해서요. 무리한 건의인가요?"

"그건 아닌데 져도 나중에 딴소리하지 말라는 뜻이지."

"그럴 일 없으니까 걱정 마시죠."

"뭐, 좋아. 스스로에게 핸디캡을 주겠다는데 마다할 이유는 없지."

큘럼은 흔쾌히 허락했다.

"16번 포털로 가라."

교수 면접

이그니토는 밑의 세계의 순찰을 마치고, 지정된 휴식처에
돌아왔다.

그런데 친위대장 데이먼이 보이지 않았다.

"······."

최근 들어 사라졌던 에밋 가문의 생존자들이 밑의 세계에
서 모습을 자주 드러내, 은신처를 찾으라는 타일런트의 명령
으로 인해 친위대 전체가 밑의 세계에 주둔하는 중이다.

이런 상황에서 사라진 데이먼.

본래 대장과 부대장은 한 몸처럼 붙어 있어야 하는 게 원
칙이다.

자세히 살피니 그가 입고 있던 갑옷도 사라진 상태다.

입고 어딘가로 나갔다는 뜻이다.

그것도 자신에게 알리지 않고서.

이그니토는 대원 하나를 붙잡고 물었다.

"대장님은, 어딜 가셨지?"

"의사당에 가신다고 방금 전에 나가셨습니다."

의사당이라 불리는 곳은 대마법사인 타일런트의 동상을 모신 건물.

본교 꼭대기로 바로 갈 수 있는 웨이포인트가 있는 곳이다.

"그래."

이그니토는 곧장 친위대 전용 모브를 확인했다.

보통 의사당을 갈 땐 타일런트의 호출이 있을 때만이고, 그 호출은 전부 이 모브를 통해서 오기 때문이다.

그러나 타일런트의 호출은 아무것도 없었다.

밑의 세계에서 주둔하며 에밋 가문의 은신처를 찾으라는 명령이 여전히 마지막이다.

이에 이그니토는 곧장 의사당으로 내달렸다.

다행히 의사당의 위치는 친위대의 휴식처와 멀지 않은 곳에 있었기에 금방 도착할 수 있었다.

"대장님."

"어, 부대장."

도착한 의사당.

데이먼이 웨이포인트에 몸을 밀어 넣기 직전이었다.

"꼭대기에 가십니까?"

"그런데?"

데이먼의 표정이 심상치 않다.

무뚝뚝하며 자신을 사람으로 보지 않는 듯한 눈빛.

그 속엔 귀찮음도 분명 존재했다.

그간 보인 적 없던 모습이다.

"호출이 따로 없었는데 갑자기 무슨 일인가 싶어서요. 저랑 대장님은 늘 붙어 다녀야 하지 않습니까?"

"나만 따로 부르셨으니까 네 모브로는 안 보이지."

"예?"

이그니토가 친위대 부대장으로 지내면서 단 한 번도 타일런트가 데이먼만 따로 호출한 적은 없다.

그만큼 중요한 일이라고 할 수도 없었다.

중요한 일일수록, 타일런트는 꼭 둘을 불렀으니까.

"넌 맡은 임무나 충실히 수행하도록. 그럼."

데이먼은 시선을 빠르게 떼고, 웨이포인트 안으로 몸을 밀어 넣었다.

그렇게 의사당엔 이그니토만 덩그러니 남게 되었다.

'들켰군.'

이그니토는 직감할 수 있었다.

자신만 쏙 빼놓고 호출한 이유.

자신이 에드 에타르와 연관이 있다는 것을, 타일런트가 눈치챈 것이다.

과연 어디까지 눈치를 챘을까?

그걸 알아내는 게 급선무지만, 지금 상태론 불가능하다는 것을 알았다.

이미 타일런트도 자신을 의심하기 시작했으니 데이먼만 따로 부른 게 아니겠는가?

이런 상황에서 에타르에게 전할 정보를 더 수집하겠다고 움직이는 건 명을 단축시키는 촉진제일 뿐이다.

'역시, 물약이 문제였어.'

타일런트가 직접 만든 물약인데 그걸 눈치 못 챌까.

하지만 그 자리에서 잃어버렸다고 하고 반납을 거부하는 게 더 의심을 사는 행동이기에, 물이라도 채운 거다.

이러니저러니 해도 들킬 거라면, 이그니토는 시간을 조금 더 벌고자 했으니까.

사실 운이 좋다면 어물쩍 넘길 수도 있을 거라는 희망도 품고 있었다.

하지만 결과는 바람과는 달리, 심각한 사태에 불이 지펴졌다.

이그니토는 일단 휴식처로 다시 돌아왔다.

그리고 가만히 앉아서 이 사태에 대해 고민하기 시작했다.

'들킨 건 사실이지만, 이 상황에서 내가 도망이라도 치면

목표는 에드 분교가 된다. 내가 갈 곳이 거기밖에 없다고 생각할 거니까.'

깊은 생각을 하던 도중, 이그니토는 한 가지를 깨달았다.

'일단 나를 가만히 둔다는 건 눈치는 챘지만, 정확한 관계는 파악하지 못했다는 거군. 그리고 정보가 부실한 거고.'

꺼져 가는 수명의 불씨가 조금은 타오를 시간이 남아 있다는 뜻이다.

따라서 도망치는 게 아닌, 여전히 친위대 부대장 직위를 유지하기로 결정했다.

그대로 맞서기로 결심한 것이다.

'어차피 이 목숨 따위 언제든 버릴 각오로 들어온 친위대다. 곧 사라질 목숨이라면, 사라지기 전에 최대한 많은 것을 넘기고 사라지는 게 모두를 위한 길이지. 에밋 가문의 생존자들처럼.'

아무리 타일런트가 자신을 친위대 내에서 배척한다 한들, 결국엔 타일런트는 원하는 게 있다면 친위대를 움직여야 한다.

꼭대기에 몸이 묶인 상태니, 직접 움직일 수 없으니까.

따라서 부대장이라는 직위를 유지하면 자세히는 몰라도, 대략적인 친위대의 정보는 얻을 수 있다.

방금처럼 갑자기 사라진 데이먼을 대원 하나의 증언으로 찾은 것처럼 말이다.

'그래도 보험은 들어야 하니…….'

이그니토는 휴식처를 살폈다.

그리고 자신 이외엔 아무도 없는 것에 안심하고 새로운 모브를 꺼냈다.

바로 에타르와 비밀리에 연락하는 모브다.

콰직-!

이그니토는 고민도 하지 않고 모브를 부쉈다.

만에 하나, 자신이 잡혔을 때 이 모브의 존재를 들켜서는 안 되니까.

'자, 오늘부터 난 산 사람이 아니야. 망령이다.'

빛 원소 우대 대련장.

풍경은 일반 교실과 같지만, 벽, 바닥, 천장엔 무수히 많은 빛이 떠다녔다.

육각형, 원형, 원뿔형 등등.

그 형태와 크기도 제각각이다.

공통점이 있다면 빛 원소 우대 대련장답게 빛은 전부 하얀색.

빛 원소사에겐 더할 나위 없이 좋은 환경이다.

역시 모든 원소 우대 대련장이 그렇지만, 우대의 정도가 지나쳐 차별 대련장이라고 부르는 게 맞다.

나와 마주한 러쉘은 어리둥절한 표정이다.

전에 켈레드에게 먼저 대련을 건 적이 있다고 했으니, 여기가 처음이라 저런 표정일 리는 없고.

그저 자신이 신청자가 아닌데 어째서 빛 원소 우대 대련장인지, 영문을 몰라 그런 것 같았다.

난 적어도 러쉘에게 친절한 사람은 아니다.

설명할 이유가 없다는 뜻이다.

말없이 작은 불똥 하나를 구현해 러쉘에게 던졌다.

팡!

러쉘은 즉시 반응하며 빛의 봉인검으로 내 불똥을 소멸시켰다.

'음, 가문의 마법사라고 유세 떠는 녀석치곤 탭 테이킹 근처도 못 갔네.'

러쉘이 구현한 빛의 봉인검을 보고 알 수 있었다.

지금 러쉘은 1클래스에서 직행한 탓일까, 3클래스 수업에 전혀 적응하지 못하고 있다.

'아니면 빛 원소는 탭 테이킹을 아직 진행하지 않았을 수도 있고.'

어느 쪽이 됐건, 어차피 러쉘도 이제 헤어질 인물.

말은 필요 없다.

러쉘도 같은 마음인지, 아무런 말 없이 묵묵히 대련을 이어 갔다.

그렇게 몇 번의 합을 주고받았을 때였다.

'놀아 주는 것도 이쯤이면 됐을 것 같고.'

이젠 끝내야겠다.

난 밤하늘의 별처럼, 무수히 많은 불똥들을 구현했다.

하얀빛으로 가득하던 대련장 내부에는 이제 빨간색의 비율이 더 많아졌다.

"……헉."

평소 보지 못했던 수준의 마법을 목격한 탓인지, 허탈한 외마디와 함께 러쉘은 순식간에 전의를 상실한 표정이다.

내가 구현한 마법은 레드 레인(Red Rain).

불똥들을 소나기처럼 무차별 폭격하여 공격하는 마법이다.

위력은 일부러 최소화했지만, 불똥의 개체 수가 워낙 많아 지금 러쉘이 절대 막을 수 없는 마법이다.

"잘 있어라, 3클래스에."

그렇게 레드 레인을 떨어트렸고, 러쉘의 측정기는 그대로 터져 나가며 3클래스의 마지막 대련이 끝이 났다.

✦

내 대련이 끝나고 얼마 지나지 않아 키에나와 헤이도 200

포인트가 쌓였다.

어젯밤에 있었던 일 때문인지 둘이 거둔 성과에 칭찬은 나오지 않았다.

그저 무덤덤할 뿐이었다.

우리 셋이 함께 대련장 앞에 모였고, 교수 큘럼에게 면접을 신청했다.

"음, 그러니까 너희 셋이 내일 그 면접을 보고 싶다, 이 말이지?"

"네."

키에나와 헤이는 여전히 교수란 직위를 가지고 있는 큘럼을 어렵게 생각해 말도 제대로 못 했다.

그래서 내가 대표로 나서 모든 걸 주도했다.

"뭐, 좋아. 조건은 충족했으니까. 내일 오후 2시에 나한테 와."

큘럼은 귀찮은 듯 딱 필요한 것만 고지하고 얼른 사라지라는 손짓을 보였다.

하지만 내가 꿈쩍도 하지 않자, 표정을 구기며 물었다.

"안 가고 뭐 해?"

"하나 확실히 하고 싶은 게 있어서요."

"면접에 관한 정보라면 절대 안 알려 줄 건데?"

"그런 거 아닌데요."

"……그럼?"

"내일 면접, 저희 셋이 같이 보는 거죠?"

일부러 따로 보는지 셋이 함께 보는지 묻는 게 아닌, 셋이 함께 봐야만 한다는 식으로 물었다.

"셋이 같이 봐도 상관없지만, 그러면 난이도가 훨씬 올라갈 텐데?"

그 말은 개별로 해도 되고, 같이해도 된다는 뜻이다.

애초에 선택지는 하나가 아닌, 둘이었던 것이다.

키에나와 헤이는 그저 함께 볼 수 있다는 사실에만 집중했는지, 서로 손뼉을 치며 기뻐했다.

"상관없어요."

"면접을 너무 우습게 생각하는 것 같네. 그럼, 내일 보자고."

큘럼이 내게 말하며 의미심장한 미소를 슬쩍 흘려보냈다.

그래, 네가 무슨 면접을 준비했을지 몰라도 어차피 간단하지 않나?

5클래스로 가기 위한 조건.

이것만 생각해도 면접의 정체는 뻔하다.

바로 마법.

공교롭게도, 난 그 마법으로 정점에 올라 이 사회를 지도했던 이력이 있는 사람이다.

이 꼬맹이 둘을 데리고 소위 말하는, '업어 가는' 것쯤이야 어렵지도 않다.

나에게 있어선 여긴 '고작' 3클래스니까.

"너흰 오늘 푹 쉬어. 내일 면접을 위해서라도."

그렇게 기숙사로 돌아오면서 키에나와 헤이에게 말했다.

"웅! 아르텔! 밥이나 먹으러 갈까?"

"그래! 다 같이 200포인트를 모은 날인데! 같이 먹으면 좋을 것 같은데."

"미안, 배가 안 고파서."

난 둘을 매몰차게 무시하고, 그대로 지나쳤다.

"……아르텔?"

둘의 황망한 목소리가 등 뒤에 들렸지만, 어째서인지 신경도 가지 않았다.

아마도 이것 또한 어젯밤 일의 여파인 것으로 보였다.

'너희 둘, 간직한 비밀이 뭐냐?'

에드 에타르, 드라코 타일런트.

꼭대기의 봉인석, 사일러드.

내게 있던 이 네 가지 업(業)에 키에나와 헤이까지 추가된 것만 같았다.

전처럼 둘에게 친근하게 다가갈 마음도 들지 않았다.

'왜 내 주위엔 비밀을 간직한 사람들이 이렇게 많은 거냐?'

꼭 내가 비밀을 끌어당기는 자석이라도 된 느낌이다.

하긴, 나조차도 비밀덩어리인 셈인데 누구를 탓할까.

일단 사소한 것은 잊기로 하고 내일 면접이 오기만을 기다렸다.

⁂

다음 날 오후 2시.

키에나, 헤이, 나.

이렇게 세 명은 정해진 시간에 맞춰 대련장 앞으로 나왔다.

그런데 대련장 입구엔 의외의 인물이 있었다.

교수 쿨럼은 어차피 여기가 지정석이니까 넘어가고.

불 원소 담당 교사 발라크와 검은 장발과 눈동자를 가진 젊은 여성 하나다.

"어……? 선생님이 왜 여기에 계세요?"

키에나의 물음이다.

그녀의 정체는 3클래스의 소환 과목 담당 선생이었다.

"어머, 키에나, 네 덕분에 교수님께서 나도 재미있는 면접에 끼워 주신다고 해서."

"네? 선생님도 면접에?"

"응, 그렇다는데."

난 슬쩍 쿨럼을 노려봤다.

"왜? 셋이 함께하면 난이도가 높아진다고 했잖아. 교수의 말을 못 믿는 거니?"

담당 교사들까지 가세한다고 난이도가 높아지는 이유가 뭐가 있을까?

삼 대 삼으로 대련이라도 할 건 아닐 테고.

'어차피 까 보면 알겠지. 얼른 까 봐라.'

"따라와."

큘럼은 우리를 대련장이 아닌 다른 곳으로 안내했다.

도착한 곳은 3클래스의 강당.

넓은 강당에 여섯 명만 덩그러니 놓였다.

우리까지 안으로 무사히 들어오자, 큘럼은 불 원소 차단 마법으로 문단속을 철저히 했다.

"겁먹지 마. 면접의 정체를 다른 학생에게 알리지 않기 위해서 그런 거니까. 한창 진행되는 중에 다른 학생이 들어오면 곤란하잖아?"

그런 거라고 치기엔 너무 살벌한 차단 마법이지만.

단순한 불이 아니라 아예 용암으로 도배해 버렸다.

그러곤 큘럼은 정렬한 우리 앞에 서서 거대한 큐브 하나를 구현했다.

절반은 빨간색 화염, 나머지는 파란색 화염으로 불타는 큐브다.

"자, 교수 면접을 설명하지. 너희 셋은 이 큐브 안에 들어간다. 그러면 그 순간, 파란색 화염은 너희의 마력에 반응해 타오르게 돼."

제법 신기한 면접 방식이다.

그런데 낯설진 않았다.

'혹시 그건가?'

큘럼의 설명은 이어졌다.

"그 상태에서 너희 셋이 수단과 방법을 가리지 않고 파란색 화염의 비율이 3할이 되도록 유지하면 면접은 통과. 제한 시간은 5분."

딱!

설명을 끝낸 그녀가 손가락을 튕기자 큐브 앞에 모래시계가 나타났다.

일반 모래시계와 다른 점이 있다면 안에 든 모래가 불타고 있다는 것이었다.

"너희가 들어가는 동시에 이 모래시계가 뒤집히면서 곧장 면접 시작이다. 그리고 우린 너희가 들어간 큐브를 향해 마력을 넣을 거고."

"그 말은 빨간색 화염 영역은 교수님의 마력에 반응한다는 거겠네요."

"정확히는 나만이 아닌 여기에 있는 두 교사의 마력에도 반응하지."

난이도가 오른다는 말의 의미를 지금 알게 되었다.

마력다리기.

그게 이 면접의 정체다.

낯설지 않은 이유가 다 있었다.

서로 마법으로 공격하는 대련의 방식이 아닌, 순수하게 마력만으로 영역을 확보하는 방식이다.

큐브를 소환해서 조금 특이하다고 생각했는데, 옛날부터 흔하게 존재했던 놀이 중 하나다.

그러나 지금은 놀이가 아닌, 테스트라는 게 문제다.

학생과 교사진의 마력다리기.

일반 학생이라면 절대로 통과할 수 없는 면접이다.

"우린 너희의 집중을 방해할 수 있어. 마법으로 너희를 공격해도 상관없다는 뜻이지. 그래도 너무 걱정하지 마. 그 큐브 안에 있는 한, 죽지는 않으니까."

참 쉽게도 말한다.

난 눈으로 셋의 수준을 가늠해 봤다.

'발라크나 큘럼의 마법을 제대로 본 적은 없지만, 발라크가 6서클, 큘럼이 7서클일 건 분명하고.'

이제 시선은 소환 담당 교사에게 넘어갔다.

'어차피 저 선생도 6서클일 거야. 소환사니까 딱히 경계할 필요는 안 느껴지는데.'

원소사보다 약한 소환사.

그렇기에 경계 대상에서 제외했다.

역시 가장 문제는 큘럼이다.

큘럼은 내내 뭔가 비장의 수를 준비한 사람처럼 음흉한 미소를 노골적으로 보였다.

　"그리고 파란색 화염은 너희 셋의 평균 마력으로 그 영역이 결정된다. 우리가 마법으로 너희를 방해할 수 있는 것처럼, 너희도 큐브로 오는 공격을 막을 수도 있어."

　그럼 그렇지.

　쉽게 가는 법이 없다.

　변수가 하나 생기고 말았다.

　평균 마력.

　즉, 나 혼자 아무리 강한 마력을 방출해도 키에나와 헤이가 평균을 전부 깎아 먹어 버리면 의미가 없어지는 일이다.

　"이상, 질문 있나?"

　"교수님, 불합격하게 되면 어떻게 되는 거예요……?"

　헤이가 불안한 목소리로 물었다.

　"1클래스로 강등."

　"아, 다행이다."

　"다행? 강등이 뭐가 다행이지?"

　"퇴학은 아니니까요……."

　헤이의 답에 키에나는 고개를 천천히 끄덕였다.

　이들이 가장 걱정하는 건 퇴학.

　나도 솔직히 불합격의 대가가 고작 강등이라는 것에는 조금 놀랐다.

　0클래스 때부터 학생을 퇴학 못 시켜 안달이었던 학교가 강등으로 끝내는 거면 개과천선한 수준이 아니겠는가?

하지만 그렇다고 안심하고 강등당할 이유는 추호도 없다.

1클래스로 돌아가게 되면 다시 3클래스로 오는 데 1년에서 2년의 시간이 걸린다.

내가 만나야 할 에드 에타르와 더 멀어지는 일이니 사양이다.

게다가 1클래스 땐 특별 전형 덕분에 3클래스로 직행할 수 있었지만, 다시 1클래스로 돌아가면 그 특별 전형이 없어질 수도 있는 변수가 존재한다.

최대한 변수를 피하면서 내 목적을 이루는 것.

난 오직 그것만 생각했다.

"헤이, 키에나, 할 수 있지?"

난 둘의 어깨를 토닥이며 물었다.

평균 마력으로 계산되는 파란 화염이니, 이 둘의 역량도 큰 영향을 끼친다.

며칠 전 밤에 보인 역량이라면 무조건 통과하고도 남을 과제지만, 문제는 그때 둘이 선보인 마법은 의식이 있는 채로 한 게 아니라는 것.

여전히 불안 요소는 존재한다.

"응!"

"나도 할 수 있어!"

둘은 퇴학의 걱정을 더니 확실히 자신감을 찾은 모습이었다.

"그럼, 준비되면 말해라. 바로 시작할 거니까."

둘과 눈빛을 교환한 나는 끄덕이며 답했다.

"지금 바로 시작하죠. 어차피 오래 끌 필요 없잖아요?"

"교사들도 준비됐나?"

쿨럼이 발라크와 소환 담당 교사에게 묻자 둘도 자신 있게 고개를 끄덕였다.

"교수님, 학생을 향해 무슨 마법을 사용하건 상관없는 거 확실하죠?"

그러던 중 소환 담당 교사가 물었다.

"저 큐브 안에 있으면 죽진 않으니까 확실해. 다치는 건…… 장담 못 하지만."

말투만 들으면 꼭 우리가 다치길 바라는 것만 같다.

'뭐, 그래도 상관없나.'

어떤 식으로 방해할진 모르겠지만 저 셋의 방해 공작은 내 선에서 전부 차단할 수 있다.

"들어가자."

내가 먼저 발걸음을 떼자, 키에나와 헤이도 당당하게 내 뒤를 따랐다.

포머는 교장실을 찾았다.

3클래스에서 아르텔이 교수 면접을 보게 되었다는 소식을 전하기 위해서다.

"그래, 이미 큘럼에게 아르텔의 대련 영상은 전부 받아서 곧 면접을 치를 거라 예상은 했는데. 생각 외로 빨랐군."

"저도 봤는데…… 3클래스 2일 차였죠? 탭 테이킹을 그 정도 수준으로 보여 준 게요."

"응, 말도 안 되는 일이지. 이건 터득한 게 아니야. 원래부터 할 수 있었던 걸 이제야 꺼낸 느낌이더라고. 이틀 만에 탭 테이킹을 터득한다? 마법사 역사상 그런 마법사는 없었지."

"교장 선생님의 스승님……께선 다르지 않았을까요?"

포머가 조심스럽게 물었다.

에타르에게 있어 스승님이라는 단어는 금기의 단어까진 아니지만, 죽은 그를 강제로 떠올리게 하는 말이기에 조금 기피하는 단어였다.

"아니야. 그분도 1년은 걸리셨던 구간이지. 나도 3년 걸린 구간이고."

하지만 에타르는 아무런 내색도 하지 않고 답했다.

"아르키스 에이머 님이 대마법사가 되시고 마법 사회를 이끄셨을 때, 이미 아르키스 님의 스승인 알라이즈 페트라 님보다 위대한 마법사란 평가가 지배적이었어. 그런 그분이 1년이나 걸렸는데 고작 더블 캐스터가 이틀 만에 터득해? 세상이 뒤집힐 일이지."

"아르텔의 탭 테이킹 소식은 어둠 원소 담당 교사인 멜라탄의 귀에 들어가지 않도록 손은 써 놨습니다만……."

"그러니 타일런트가 가만히 있지. 만약 그 소식이 들어갔으면 친위대 전체가 이 분교 3클래스로 왔을 거야."

"네, 그걸 걱정하고 조치한 일입니다. 그런데 만약에 말입니다……."

"뭐? 아르텔이 이번 면접에서 불합격해 버리면 어떡하냐고?"

에타르는 이미 포머의 걱정을 꿰뚫고 있었다.

"……네."

"탭 테이킹의 미제는 풀 수 없지만, 재능은 다분한 것 같아. 그리고 그 재능이 진짜라면, 3클래스 면접 정도는 가뿐하게 통과하겠지. 부정적인 생각은 버리자고."

"알겠습니다."

"지금 5클래스 교수가 드라코 데븐이지?"

에타르는 이미 아르텔이 5클래스로 향할 것을 확실시하고 물었다.

"네."

그리고 5클래스 교수 드라코 데븐.

그는 드라코 타일런트의 방계이자 에타르의 적이다.

이 또한 타일런트가 에타르를 감시하기 위해 심어 놓은 교수다.

"흠, 그 구간만 잘 넘기면 될 것 같은데. 아르텔이 올라갈 때쯤, 잠시 자리를 비우게 할 순 없나? 애써 탭 테이킹 재능을 숨겼는데, 5클래스로 올라가자마자 교수와 마주치게 되면 무용지물이 될 수 있잖나."

"으음……."

포머는 최대한 머리를 굴려 묘안을 탐색했다.

느닷없이 밑의 세계로 내려가게 할 명분도 없다.

게다가 데븐은 자신의 말만 듣는 마법사인데, 자신이 나서서 내보내려고 하면 의심을 피할 수 없었다.

최대한 들키지 않으면서, 아주 자연스러운 것.

그것만 생각하던 포머는 묘안 하나가 떠올랐다.

"혹시…… 상당히 위험한 방법이지만, 이건 어떻습니까?"

"뭔데?"

"본교의 8급 제단 하나를 이곳 5클래스로 연결하는 겁니다."

제단이란 웨이포인트와 비슷한 것이다.

본교에만 존재하는 것인데, 다른 게 있다면 그 제단에서 몬스터가 나온다는 점이다.

그 이유는 바로 본교 꼭대기에 있는 사일러드.

그는 봉인되었음에도 끝없이 재기를 노리는 중이다.

마력이 얼마나 광범위하고 강하면, 꼭대기에 갇혀 있는데도 자신의 소환수를 밑으로 흘려보내는 웨이포인트를 본교에 설치한 것.

사일러드가 꼭대기에서 소환술을 사용할 때마다, 학생들이 있는 밑의 층에 몬스터가 나타났다.

아르키스 에이머가 제단을 파괴할 방법도 찾았지만, 끝내 찾지 못했다.

그래서 아르키스 에이머가 꼭대기를 지키는 중에도 그의 여섯 제자들을 밑에서 대기시켜 바로 학생들의 안전을 위해 제단에서 나오는 몬스터를 처리하게 했다.

제단의 급수는 마법사의 서클과 같이 숫자가 높을수록 강력하다.

8급 제단이면 대략 8서클 마법사 수준이라고 할 수 있었다.

"흐음…… 학생들 안전이 문제이긴 한데……."

"5클래스도 오전에 모든 수업을 동시에 시작하도록 변경하고, 잠시 연결하면 될 것 같습니다."

"데븐이 몇 서클이지?"

"7서클 수준입니다."

7서클이라면 8급 제단에서 나오는 사일러드의 몬스터를 처리할 여력이 없을 거다.

에타르는 경험한 적이 있기 때문에 확신할 수 있었다.

그가 예상하기로, 데븐은 최소 의식불명.

운이 좋다면 그 자리에서 죽을 수도 있다.

"데븐이 처리 못 하면 애꿎은 학생들과 교사들이 위험하지 않나?"

"제가 대기하면 되는데요. 8급 제단은 저도 경험한 적이 있어서 압니다. 제 선에서 해결 가능합니다."

"그런데 연결하는 게 가능해?"

"네. 연결하는 방법은 드라코 가문의 비기이지만, 제가 누굽니까?"

유년 시절부터 성장기까지.

전부 드라코 가문에서 보낸 포머이기 때문에 그 정도 비법은 쉽게 접할 수 있었다.

"연결하면, 타일런트가 알게 되나?"

"모를 겁니다. 이미 타일런트는 사일러드의 힘을 흡수하기 위해 드라코 가문 본가에 다양한 급의 제단을 연결하고 수련하도록 지시했으니까요."

"……그렇게 키워서 제 후손들의 영혼을 빼내 자신이 흡수해 버리고?"

"네."

그깟 힘이라는 게 뭐라고, 그 정도로 잔인해질 수 있는 건지 싶었다.

"좋아, 당장은 그 방법밖엔 없는 것 같으니 그렇게 하자고."

"네, 바로 준비하겠습니다."

에타르는 내키지 않았지만, 이번 계획은 특히 포머가 자신감을 내비쳤기에 그를 전적으로 믿고 결정했다.

에타르는 아르텔의 면접 결과가 나오길 초조하게 기다렸다.

타닥…… 타다닥…….

큐브에 들어오자마자 파란색 화염의 영역이 온데간데없이 사라졌다.

순식간에 온통 빨간 화염만이 큐브에 가득했다.

"집중 안 하면 그렇게 되는 거야. 이제 요령을 알겠지?"

큘럼은 여전히 흥미로 가득한 표정을 짓고, 천장에 있는 우리를 보며 물었다.

키에나와 헤이의 표정을 살폈다.

어떻게 하면 파란 화염의 영역이 늘어나는지 감을 잡은 모습이다.

"시작하지."

큘럼이 모래시계를 거꾸로 뒤집었다.

면접 시작 1분 경과.

세 교사진은 웬일인지 아무런 방해도 하지 않았다.

소환 담당 교사가 뭔가를 하려고 했지만, 쿨럼이 가만히 있으라는 손짓을 보이자 아쉬운 듯이 입맛만 다셨다.

'이렇게 계속 가만히 있을 리는 없고.'

꼭 우리가 영역을 확보하길 기다리는 눈치다.

어디 한번 기회를 줄 테니 마음껏 해 보라는 약간 거만한 태도다.

어차피 5분 내로 3할의 영역을 확보하지 못하면 1클래스로 강등.

시간을 끈다고 좋을 게 없었다.

"키에나, 헤이, 밖은 신경 쓰지 말고 마력을 있는 대로 다넣어. 방해는 내가 알아서 차단할게."

"응……!"

둘 다 면접이 시작되니 제법 긴장된 모습이다.

"눈 감고, 귀 닫아."

내가 시키는 대로 따르기 위해 둘은 눈을 감고 큐브에 마력을 넣기 시작했다.

화르륵!

그러자 완전히 꺼졌던 파란색 화염이 피어올랐는데, 그 비율은 무려 6할.

쿨럼과 발라크는 조금 놀란 모습을 보였다.

역시 키에나와 헤이가 가지고 있는 마나는 3클래스 중 상위권.

아니, 그저께의 일도 있으니 어쩌면 이 학교 학생 전부를 통틀어서 상위권에 들어갈 수도 있다.

잠재 능력이 완전히 깨어나면 마법 사회 상위권도 우스울 정도겠지.

둘의 집중에 맞춰 나도 마력을 큐브에 주입했을 때였다.

화르륵!

이제 큐브 전체가 파란색 화염으로 휩싸였다.

"자, 우리도 시작."

큘럼이 기다렸다는 듯이 행동을 개시했다.

제일 먼저 나선 건 소환 담당 교사.

그녀는 큘럼의 선고에 맞춰 강당 천장 전체를 뒤덮는 새 떼를 소환했다.

따다다닥!

딱! 따다닥!

새들은 부리와 발톱으로 큐브를 사정없이 쪼아 댔다.

그로 인해 시끄러운 소리와 진동이 큐브 안에 있는 우리를 괴롭혔다.

"윽⋯⋯."

"귀 따가워⋯⋯."

동시에 헤이와 키에나의 집중도 흐트러져, 파란 화염은 순식간에 4할로 줄어들었다.

내게는 고작일 뿐인 소리지만, 키에나와 헤이에겐 손톱으로 칠판을 긁는 듯한 고통의 소리로 다가오는 것 같았다.

'방어는 할 수 있다고 했으니까.'

나는 러셀과의 마지막 대련에서 썼던 레드 레인으로 성가신 새 떼를 치웠다.

"역시 아르텔이야. 언제 저런 걸 터득했대?"

새 떼를 치우자 이번엔 발라크가 나섰다.

순식간에 강당 전체에 굵은 불길이 파도처럼 일렁였다.

"……저게 발라크 선생님의 마법?"

헤이는 그의 마법을 보고 놀라며 입을 다물지 못했다.

수업에서 한 번도 보여 준 적이 없으니 놀라는 것도 무리가 아니지만, 지금은 감탄할 때가 아니다.

"보지 말고 집중이나 해!"

"아……! 어! 알았어!"

헤이는 외면하듯, 눈을 질끈 감고 다시 집중 상태에 들어갔다.

발라크가 구현한 굵은 불길은 우리가 있는 큐브를 들어 올리고, 넘실대는 불길 파도 속에서 이리저리 흔들어 댔다.

쿵! 쿵!

"꺄악!"

"우욱……!"

데굴데굴 굴러가는 큐브는 안에 든 우리의 몸을 사정없이 흔들었다.

바닥, 천장 구분도 없는 큐브 탓에 우리의 몸은 위아래로 격하게 흔들려 여기저기 부딪쳤다.

'고약한 큘럼, 이래서 다치는 건 장담 못 한다고 한 거군.'

큐브 안에 있으니 마법의 영향은 받지 않지만, 큐브 자체를 흔들어 버리면 몸 어딘가가 까지고 부러지는 건 막을 수가 없는 것이다.

급기야 헤이는 어지럼증으로 인해 마력 주입이 중단돼, 파란색 화염은 이제 고작 1할밖에 남지 않았다.

'큐브만 온전히 지키면 된다.'

모래시계를 확인했다.

이제 반 정도 남은 모래시계.

짧으면 짧다고, 길면 길다고 할 수 있는 시간이었다.

'플레우드만 사용할 수 있다면, 이딴 마법은 아무것도 아닌데.'

플레우드인 것은 에타르를 만나기 전까지 끝까지 숨겨야 하는 비밀.

따라서 사용할 수 있는 원소라곤 불과 어둠뿐.

이 두 개 원소를 이용해 난관을 헤쳐야 한다.

일단, 발라크의 눈을 멀게 하기 위해 강당 전체에 다크 스페이스를 뿌렸다.

동시에 발라크가 구현한 불길 속에 내 마법을 추가해, 불

기둥 하나를 솟아나게 하고 큐브를 들어 올렸다.

적어도 화염 불길에 흔들리지 않게 하기 위함이다.

"그렇겐 안 되지."

이젠 큘럼이 나섰다.

큘럼은 발라크가 구현한 불길을 용암으로 바꿔 버리고, 애써 들어 올린 큐브를 용암으로 집어삼켰다.

"앗, 뜨거!"

용암의 열기를 큐브가 전부 흡수해, 안에 있는 우리를 괴롭히기 시작했다.

'큘럼……'

시력은 분명히 없는 상태일 것이다.

그런데도 이렇게 정확한 마법을 사용할 수 있는 건 마나의 흐름을 읽어 우리가 어디에 있는지 쉽게 알아냈기 때문이다.

어차피 큐브 속에서 우린 마력을 넣는 중이고 교사진이 사용하는 마법은 전부 큐브로 향하니, 각자가 가진 마나가 한곳에 모이니까.

이렇게 되면 다크 스페이스가 무용지물이 되고 만다.

'교수는 교수인 건가.'

"키에나, 혹시 신물 한 마리를 소환하면서 마력을 넣을 수 있어?"

"할 수 있을 것 같아!"

내가 이런 질문을 하는 이유는 좋은 방법 하나가 떠올랐기 때문이다.

내가 지금 플레우드를 여과 없이 사용할 수만 있었다면, 키에나에게 이런 걸 묻지도 않았다.

하지만 그럴 수 없는 상황이기 때문에 키에나의 도움이 약간은 필요한 시점이었다.

"그럼 네가 두 번째로 익힌 그 신물을 불러 줘. 그리고 이 큐브를 들어 올리게 하고 천장에 딱 붙어서 날아다니게 하기만 하면 돼."

"응!"

키에나는 곧장 두 번째로 익힌 신물을 꺼냈다.

펄럭—!

거대한 날갯짓 소리가 들려왔다.

"……저 학생, 저걸 소환할 수 있었어?"

"어…… 제 수업 땐 본 적이 없는 신물인데요."

"피곤해지겠군."

저번에 소환 담당 교사에게 칭찬을 받았다더니, 그때 이 신물은 꺼내지 않고 페가수스만 보여 줬던 모양이다.

키에나가 소환한 두 번째 신물은 바로 로크.

매와 비슷한 모습에 크기는 상당히 거대하다.

코끼리가 어린아이의 장난감으로 보일 정도로 거대하니, 큐브 정도는 아주 쉽게 들어 올릴 수 있는 신물이었다.

키에나는 내가 지시한 대로, 로크에게 큐브를 들게 하고 천장에 딱 붙었다.

그러자 큐브가 흔들리지 않고, 용암에서도 빠져나와 열기도 사라졌다.

안정을 찾은 키에나와 헤이는 다시 큐브에 마력을 넣기 시작했다.

덩달아 나도 둘의 속도에 맞춰 마력을 넣으니, 파란 화염의 영역은 이제 7할이 되었다.

"저 신물, 떨어트려."

큘럼이 두 교사에게 지시하자, 발라크와 소환 담당 교사는 키에나의 로크를 공격하기 시작했다.

'그럴 줄 알았다.'

로크는 거대한 몸집만 가졌을 뿐, 어쨌든 매다.

매는 조류 중 사냥의 명수.

따라서 몸놀림이 상당히 날렵하다.

키에나가 별도로 조종하지 않아도, 로크는 날아오는 마법을 전부 피하면서 이리저리 날아다녔다.

그럼에도 큐브는 흔들리지 않게 꼭 쥐고 있어 우린 편안하게 마력을 넣을 수 있었다.

'이게 끝이 아니지.'

큐브 안에 든 우리는 날아오는 마법을 방어도 할 수 있다.

난 그 부분을 이용하기로 했다.

큐브 바깥에 검은 구체를 구현하고, 웨이브로 밀어 지상에 있는 교사진에게 날렸다.

내가 전에 멜라탄을 공격했을 때랑 같은 상황이다.

첨벙!

웨이브의 힘을 받아 날아가는 검은 구체를 큘럼이 용암 벽을 세워 막았다.

"공격은 내가 막을 테니까 너희는 저 성가신 새나 떨어트려."

"넵!"

"알겠습니다!"

'이렇게 되면 큘럼과 나의 싸움인가?'

공격하는 나, 그걸 방어하는 교수 큘럼.

하지만 큘럼은 마법이 날아들면, 마법으로만 막는 성향이다.

나와는 완전히 달랐다.

'하긴, 전에 밴시도 어떻게 그런 방식을 구사하느냐고 물었으니까. 서클이 높아도, 교과서처럼 정해진 방식에서 벗어나진 못하는 거지.'

나도 사일러드와 직접 싸운 적이 없다면 평생 생각도 안 했을 방식이다.

큘럼이 몸을 움직이지 않는다는 것 자체가 내게 상당히 유리한 싸움이다.

나는 로크를 향해 다가오는 마법들도 전부 어둠 원소 파동

마법인 웨이브로 밀어 냈다.

"정신 차려, 발라크! 저거 고작 3서클 마법이라고! 왜 네가 밀리는데! 네 서클이 부끄럽지도 않아?"

"……그러는 누나는! 방어에만 급급한 주제에!"

"이게 미쳤나……."

조급함 때문인지, 둘은 이성을 잃어 현실 남매의 모습을 잠시 보였다.

"저거 완전 괴물 아냐! 누나를 상대하면서 내 공격까지 전부 쳐 내잖아!"

난 큐브 속에서 그들을 내려다보며 그저 여유로운 미소만 보였다.

그렇게 교사진과 나의 공방이 계속되었다.

파란색 화염의 영역은 7할을 유지 중.

모래시계를 슬쩍 확인하니, 이제 1분만 버티면 된다.

"안 되겠군요. 제가 꺼내고 싶지 않은 신물이었는데……."

새 떼만으로 공격하던 소환 담당 교사의 말이었다.

"뭐 좋은 거 있어? 저 큐브만 떨어뜨리면 되는데."

"그럼요. 저 새 이름은 로크. 로크의 상위 호환 신물이 하나 있거든요."

그녀는 자신만만한 표정이다.

"시간 흘러가게 설명하지 말고 그냥 꺼내!"

큘럼이 호통치자, 교사가 황급히 표정을 고치고 신물을 꺼내려 할 때였다.

"아! 무슨 신물인지 알 것 같다! 근데…… 나도 그거 소환할 줄 아는데."

옆에서 들린 키에나의 중얼거림이다.

"……뭐? 소환할 줄 안다고?"

내가 눈으로 확인한 키에나의 신물은 두 마리.

그런데 또 소환할 줄 안다는 거면, 그사이에 동시에 다룰 수 있는 신물이 세 마리가 된 것이었다.

"꺼내 봐! 키에나!"

로크의 상위 호환이라 불리는 신물.

나도 그게 뭔지는 안다.

하지만 정말 키에나가 그걸 소환할 수 있는 건지, 제대로 확인하고 싶어서다.

만약 정말로 소환할 수 있고, 제대로 다루기만 한다면 키에나도 5서클에서의 적응이 전혀 문제가 되지 않으니까.

그사이, 소환 담당 교사가 먼저 신물을 꺼냈다.

뒷다리와 몸통은 사자, 앞발과 머리는 매의 형상이고, 날개까지 달렸다.

"……그리핀."

저 신물의 이름이다.

그리핀이 로크의 상위 호환이라고 하는 이유는 단순하다.

로크의 주 무대는 하늘, 즉 특기는 공중전이다.

하지만 사자의 몸통을 가진 그리핀은 단순히 비행하는 걸 넘어 지상전에도 능하며 지상에서 하늘로 도약할 수도 있다.

소환된 그리핀은 지상에서 자리를 잡고 키에나의 로크를 향해 힘껏 도약했다.

"키에나! 얼른 꺼내!"

"……그치만, 지금 그리핀을 꺼내면 화염 영역이 줄어들 것 같은데!"

"상관없어! 어차피 3할만 유지하면 되잖아!"

지금의 영역은 7할.

키에나가 빠져도 3할 밑으로 내려가진 않는다는 계산하에 내린 결론이다.

"알았어!"

키에나는 전적으로 나를 믿고 곧장 그리핀을 소환했다.

소환 담당 교사의 그리핀이 부리와 거대한 앞발로 큐브를 낚아채기 직전, 지상에서 튀어 오른 키에나의 그리핀이 소환 담당 교사의 그리핀 목덜미를 콱 찍었다.

"어……?"

당황한 소환 담당 교사.

그와 동시에 소환 담당 교사의 그리핀이 목덜미에서 피를 흘리며 균형을 잃고 지상으로 떨어지자, 난 웨이브를 써서 지상에 있는 교사진을 향해 그리핀을 날렸다.

"피하세요! 교수님! 발라크 선생!"

"이런……."

큘럼은 황급히 몸을 숙이며 단단한 용암으로 셋의 몸을 뒤덮어 보호했다.

콰앙–!

지상으로 수직 낙하하는 그리핀의 몸체가 큘럼의 용암에 부딪히자, 운석이 땅에 떨어진 것처럼 엄청난 양의 먼지를 일으키며 굉음을 터트렸다.

그 직후, 난 모래시계를 확인했다.

5클래스

땅에 떨어진 그리핀이 사라지고 피어났던 먼지도 걷히자, 모래시계의 형체가 드러났다.

불타는 모래는 전부 밑으로 떨어진 상태다.

'그럼 화염 영역은?'

큐브는 파란색 화염이 전체를 뒤덮었다.

10할.

아무래도 교사진에게 가해진 충격으로 마력이 잠시 끊긴 탓으로 보였다.

"됐다!"

헤이도 상황을 파악하자, 기쁨에 젖어 큐브 안에서 방방 뛰었다.

"교수님, 괜찮으십니까……?"

난 지상에 있는 큘럼에게 물었다.

여전히 단단한 용암으로 몸을 보호한 그들은 먼지가 전부 걷힌 다음에야 용암을 거두고, 일어섰다.

큘럼도 모래시계와 큐브의 상태를 번갈아 가며 살피고선 한숨을 쉬었다.

의미 모를 한숨이었다.

"합격이죠?"

파랗게 타오르는 큐브를 가리키며 물었다.

"내려오기나 해. 끝났잖아."

그녀는 새침한 목소리로 답했다.

키에나의 로크는 큐브를 지상에 무사히 안착시킨 뒤, 임무를 다한 그리핀과 함께 사라졌다.

"합격."

그리고 무덤덤하게 들려온 큘럼의 선고.

그 순간 환희에 젖은 키에나와 헤이는 나를 와락 안았다.

"역시 아르텔이야! 아르텔 덕분에 할 수 있었어!"

내가 전부를 주도한 건 아니다.

키에나의 상식 밖의 벗어난 성장이 크게 한몫을 한 거다.

하지만 칭찬은 하지 않았다.

여전히 이틀 전의 일이 내 기억 속엔 고스란히 남아 있기 때문이다.

"다들 고생했어."

그저 형식적인 격려의 말만 남기고, 이제 큘럼을 바라봤다.

"공지한 대로, 너흰 원할 때 언제든 5클래스로 갈 수 있어. 따라서 이것도 의미가 없지."

큘럼은 자신의 모브를 활성화해, 현재 순위표를 보여 줬다.

[순위표]

1. 아르텔, 키에나, 헤이 - 200

4. 켈레드 - 172

5. 쿠페 - 168

6. 실크 - 164

1위에 있는 우리 셋의 이름을 지웠다.

어차피 졸업은 확정되었으니, 순위표에 있을 필요가 없다는 뜻이다.

"셋이 상의하고 언제든 내게 와. 단, 오늘은 안 돼. 갈 수 있는 건 내일 오후부터. 5클래스에서도 준비할 게 조금 있거든."

난 그녀에게 대답하기 전에 키에나, 헤이와 시선을 교환했다.

그렇다면 내일 가는 게 어떻겠냐는 의미를 담은 시선이다.

눈빛을 읽은 둘은 고개를 끄덕였다.

"그럼 내일 오후에 갈게요."

"그래, 그리고 다른 학생이 면접에 대해 물어도 절대 알려 주지 말 것. 만일 발설하면, 면접 합격은 취소하고 곧장 퇴학 이야. 알았어?"

그녀는 입단속을 철저히 하기 위해 으름장을 놨다.

발설할 이유도 없지만, 발설한다고 해도 걸리지만 않으면 되는 간단한 문제다.

하지만 발설하면 무조건 걸린다.

왜냐?

난 우리 몸에 심긴 모브로 감시당하는 시대에 살고 있으니 까.

"걱정 마세요. 그런 멍청한 짓은 안 하니까요."

"대답은 잘하네."

큘럼은 냉철하게 답하고, 먼저 강당을 나섰다.

"후우, 아르텔 너……."

발라크가 내 앞을 지나칠 때 건넨 말이다.

"뭐 너 같은 괴물이 다 있니? 우대 대련장도 아닌 곳에서 이 정도로 하다니. 어둠 원소도 꽤 강력하던데."

조금은 뜬금없는 칭찬.

그는 내게 악수를 청하며 물었다.

"5클래스에서도 과목 두 개 중 하나만 선택해서 듣게 될 텐데, 그때도 불 원소로 갈 거니?"

"아마도요."

그의 손을 맞잡으며 답했다.

"그래, 5클래스 담당 교사도 내 형님이거든. 엄청난 괴물이 갈 거라고 전해 놓으마."

굳이 그럴 필요는 없을 것 같은데.

"그리고 5클래스 수업은 3클래스, 4클래스와는 달라. 거기부턴 고급 클래스니까. 힘들다면 힘들고, 재미있다면 재미있는 수업이지."

"그렇겠죠."

"그래도 넌 잘할 거야. 그리고 헤이."

"네! 선생님!"

"넌 분발해야 해. 오늘 보여 준 게 없으니까."

딱히 헤이의 기를 죽이기 위해 한 말이 아니다.

저것도 걱정에서 나온 진심 어린 조언이다.

그의 말대로 오늘 면접에서 헤이가 보여 준 건 아무것도 없다고 할 수 있으니까.

조금 빈정 상하게 얘기하자면 그야말로 키에나와 나에게 업혀서 5클래스로 갈 수 있게 된 것이다.

하지만 발라크는 헤이의 속에 무엇이 있는지 모르니 저런 말이 나올 수 있다.

적어도 난 그런 걱정이 들지 않았다.

"네! 열심히 하겠습니다!"

헤이도 발라크의 손을 맞잡고, 씩씩하게 흔들며 답했다.

"푹 쉬어라."

그렇게 발라크도 떠나갔다.

이제 소환 담당 교사가 키에나 앞에 섰다.

"넌 언제 그리핀까지 소환할 수 있게 된 거야? 내 수업 땐 페가수스만 보여 줬잖아? 로크는 또 뭐고?"

그녀도 딱히 시비를 거는 말투는 아니다.

키에나의 성장에 놀라서 조금 거칠게 말이 튀어나왔을 뿐이다.

"하하하…… 페가수스랑 로크를 합친다고 생각하고 혼자 연습했거든요. 그리핀은 몸통이 사자잖아요. 페가수스랑 비슷하고."

이미 키에나는 3클래스에 오기 전부터, 페가수스와 로크를 다룰 줄 알았다.

다룰 수 있는 두 신물을 하나로 합친다고 생각한 거니 아무래도 터득이 빨랐던 것으로 보였다.

"……소환 마법에 대한 이해가 남다르네. 난 그렇게 안 익혔는데. 아무튼, 신물을 세 마리나 다루는 것. 그것도 완벽한 성체(成體)의 모습은 내가 본 학생 중에 네가 유일해. 5클래스에서도 마찬가지일 거야."

"어? 정말요?"

키에나의 눈이 반짝반짝 빛났다.

"혹시……?"

그리고 조금 어려운 것을 물으려는 눈치다.

"뭔데?"

"선생님은 신물 몇 마리를 다루시나요……?"

키에나의 물음에 그녀는 멋쩍은 웃음만 보였다.

"신물이 아니라면 수백 마리도 가능한데, 신물은 다섯 마리도 힘들어."

신물이 일반 동물에 비해 다루기도 어렵고 소환 자체도 힘든 것쯤은 알고 있었지만, 이 정도일까 하는 의문이 들었다.

내가 잘 아는 소환사라곤 450년 전에 보름달 전투에서 직접 싸웠던 사일러드가 유일하다.

'그놈은 몬스터도 수백 마리를 다루던데, 그럼 얼마나 괴물이라는 거야?'

3클래스의 소환 담당 교사의 수준이 저런데, 사일러드는 도대체…….

사일러드는 일반 동물을 소환하지 않는다.

전부 신물을 소환하지만, 어둠 원소의 영향 탓인지 외형도 흉측하고 전부 검은 가죽을 가졌다.

그렇기에 신물이 아닌, 몬스터란 호칭이 더 어울렸다.

'하긴, 그 정도 재능이 있으니 마법 사회 역사상 최악의 마

법사가 될 수 있었지. 검사 여덟 명까지 동원했으니까.'

"아무튼 5클래스 선생이 누군지는 모르겠지만 너를 보면 제법 놀랄 것 같다, 키에나. 5클래스에서도 열심히 해. 너라면 아마 소환사 중에 최초로 가문을 세울 수 있을 것 같거든. 네 나이 때 그 정도로 할 수 있는 건 타고난 재능이야."

"가, 감사합니다!"

"너 같은 학생을 만날 수 있어, 같은 소환사로서 기쁘네. 그럼, 안녕."

진심 어린 부탁과 같은 충고를 끝으로, 그녀도 강당에서 나갔다.

키에나는 그녀의 등 뒤를 향해 직각으로 허리를 숙였다.

"소환사 중에 최초로 가문……! 가주!"

소환 담당 교사가 완전히 나간 뒤, 허리를 편 키에나는 그 말만 읊조렸다.

그러더니 갑자기 나와 헤이를 보며 소리쳤다.

"아르텔! 헤이! 내가 가문을 세우면 내 가문에 올래? 이 누나가 너희에게 가문을 선사하겠다! 꺄하하!"

"……."

아주 신이 있는 대로 난 모습이다.

이미 마음속에선 멀쩡한 가문을 세우고, 행복한 가주의 삶을 그리는 듯했다.

하지만 난 표정이 밝을 수가 없었다.

그저께 키에나가 선보인 검은 늑대.

그건 분명한 사일러드의 몬스터였으니까.

"오늘은 짐 싸고 쉬자. 내일 5클래스로 가니까."

내가 그렇게 말하고 강당에서 먼저 나갔다.

"아르텔은 안 기쁜가……."

"그러게……."

"음, 아니야! 기쁜데 오늘 마법을 너무 많이 써서 그런 걸 거야!"

"그런가? 하긴! 면접은 아르텔이 다 했지! 피곤할 만하지!"

아니다.

별로 안 기쁜 거 맞다.

이제 둘은 다른 주제로 대화하기 시작했다.

"그런데 키에나, 정말 가문을 세우면 나 받아 줄 거야?"

"물론이지! 우리 셋은 늘 함께여야 해!"

그 셋에서 나는 빼 줘라.

어쩐지 이젠 친구란 단어도 쓰고 싶지 않았다.

남들이 보기엔 그저께 일이 그렇게 대수냐며 속 좁은 놈이라고 손가락질할 수 있겠지만, 저 둘은 분명히 위험한 존재가 맞다.

헤이의 탭 테이킹을 익힌 속도, 어둠 원소 보주화.

이 두 개만 봐도 나와 똑같이 어떤 이름 모를 녀석이 환생한 것만 같은 느낌이었다.

그리고 사일러드의 몬스터를 선보였던 키에나.

혹시 사일러드의 딸이 아닌가 싶을 정도다.

하지만 450년 전에 봉인당한 사일러드에게 자식이 있다 한들, 지금 시대에 나타날 리는 없다.

있어도 저렇게 어린 모습은 아니겠지.

그렇다고 단정 지을 순 없다.

키에나와 사일러드는 혈육이 아닌, 분명 어떤 연관이 있는 거라는 생각을 버리지 않았다.

헤이와 키에나 중 내가 가장 경계하는 사람이 바로 키에나다.

'네 속에 있는 그 정체 모를 무언가. 만일 사일러드와 밀접한 연관이 있다면…….'

복도에서 잠시 멈춘 난 손바닥을 내려다봤다.

'내 손으로 처리해야겠지.'

사일러드의 봉인이 풀려선 안 되고, 그와 연관된 모든 이도 이 사회에서 사라져야만 하니까.

기숙사에 들어와 쉬고 있을 때, 문밖에서 소심한 노크 소리가 울렸다.

밖을 나가니 켈레드 삼인방이 내 기숙사를 찾았다.

"왜?"

"아르텔……! 순위표에 왜 네 이름이 없어? 너랑 키에나, 헤이까지도 없던데……."

공동 1위인 우리 셋이 사라지면서 켈레드 삼인방이 자연스럽게 수석의 자리를 되찾았다.

"아, 그거? 면접에서 합격해서 내일 5클래스로 간다고 교수님이 지우더라."

"뭐?"

켈레드는 귀가 따갑도록 소리쳤다.

"왜?"

"아직 너한테 배울 게 많은데 벌써 가 버리면 어떡해!"

켈레드는 이제 울 것만 같은 표정을 지었다.

'이놈에게 이런 귀여운 모습도 있었나?'

양옆에 있는 쿠페와 실크도 똑같은 표정들이다.

'얼씨구?'

"나한테 배우긴 뭘 배워? 배우는 건 너희 담당 교사인 대지 원소 선생님이지."

"아니야! 아니야! 자, 봐 봐! 아르텔 네가 알려 준 대로 하니까……!"

켈레드는 몸을 낮춰 손바닥을 복도 바닥에 가져다 댔다.

그리고 포크로 케이크 조각을 찍듯이, 딱 제 손만 한 크기의 복도 바닥을 떼어 냈다.

'……어? 벌써?'

켈레드도 성장이 예상외로 빠르다.

하지만 그렇다고 해서 헤이처럼 경계의 대상은 아니다.

왜냐, 켈레드는 이미 탭 테이킹을 구사할 줄 아는 학생이었기 때문이다.

"이렇게 할 수 있게 됐는데! 당연히 난 너한테 더 배우고 싶지! 그런데 내일이면 5클래스로 간다니!"

켈레드는 애원하듯 울먹이며 말했다.

"야, 켈레드."

"응!"

"너 3클래스 몇 년 차야?"

"3년."

"탭 테이킹은 언제 익혔어?"

"작년 말에."

3년 차로 넘어갈 때쯤 익혔다는 소리다.

역시, 성장세가 비범한 건 아니다.

켈레드는 말을 이었다.

"너와 친구가 되고 싶었는데…….."

"난 실력으로 친구 가르는 거 안 좋아한다."

"……그런 뜻이 아니라, 그만큼 너한테 배운 게 큰 도움이 돼서 고맙단 거지."

어째 얘기가 쓸데없이 길어질 것만 같은 기분이다.

이럴 땐 대화를 강제로 마무리하는 좋은 방법이 있다.

"너희도 200포인트 모아서 5클래스로 와. 그럼 같은 클래스에 있으니 친구 아니겠어?"

내 제안에 셋의 표정이 밝아졌다.

'순진하네.'

"아르텔! 면접은 어떤 식으로 보는 거야? 가기 전에 알려 줄 순 있잖아?"

켈레드는 정말 5클래스를 목표로 하고 뱉은 질문이다.

"응, 알려 줄 수 없어."

"왜!"

"면접 내용을 발설하면 합격을 전부 취소하고 우리 퇴학한다고 했거든."

"안 들키면 그만이잖아!"

이제 생떼를 쓰기 시작했다.

"맞아! 들킬 수가 없지! 어차피 지금 우리 넷밖에 없는데."

옆에 있는 그의 친구들도 동조하며 켈레드에게 힘을 실었다.

'모브가 네 개나 모인 셈인데 교수가 그걸 모르겠냐, 이 바보들아.'

하긴, 모브가 감시 용도가 되었다는 건 아마 학생 중에 나만 알고 있을 거다.

이 학생들이 모르는 것도 당연하니 속으로 바보라고 욕한 게 어쩐지 미안한 느낌이 들었다.

"아, 몰라. 난 무서워. 그럼 얘기 끝! 5클래스에서 보자~."

대충 얼버무리며 난 그렇게 문을 닫았다.

"으음…… 도대체 면접이 뭘까?"

"학생 능력 평가가 대련으로 바뀌었으니까, 교수님이랑 대련이라도 하나?"

"그럼 아르텔이 합격 못 했겠지! 아무리 더블 캐스터라고 해도 교수님을 어떻게 이겨! 그거보다 훨씬 쉬운 거겠지!"

셋은 내 기숙사 문 앞에서 탐정놀이라도 하듯, 갖은 추측을 내놨다.

"남의 기숙사 앞에선 조용히 좀 해 줄래?"

문밖을 향해 소리치자, '미안!'이라고 활기차게 외친 뒤 셋은 떠나갔다.

이제 난 침대에 누워, 5클래스의 생활을 예상했다.

'5클래스의 학생 능력 평가도 대련으로 결정하려나?'

고급 클래스인 5클래스.

이제 에타르와 만날 수 있는 문턱 바로 앞에 섰다.

게다가 학기 중에 넘어가는 것이기 때문에 졸업까지 1년이 걸리지 않는다.

3클래스에서 고작 한 달 보내고, 5클래스로 가는 거다.

따라서 남은 1학기는 이제 두 달이 조금 넘는다.

5클래스 학생 능력 평가가 어떨지 모르지만, 그 두 달 안에 키에나와 헤이도 적응을 완료하고 2학기 시험에서 합격해야 한다.

 그래야 내가 그린 계획대로 모든 게 맞아떨어지는 것이다.

 '올라가자마자 5클래스 분위기부터 파악해야겠네.'

 한편, 에타르는 이미 3클래스의 소식을 접했다.

 아르텔, 키에나, 헤이.

 이 세 명이 큰 문제 없이 면접에서 합격했다는 소식이었다.

 에타르는 셋의 입학 증서를 나란히 펼쳐 놓고 유심히 살피고 있었다.

 "다행이군요. 면접 내용을 제가 살폈는데 일반 학생이라면 무조건 불합격할 내용이었는데."

 포머도 늘 그렇듯이 교장실에 와서 에타르의 앞에 앉았다.

 "일단 잘 넘기긴 했는데……."

 하지만 에타르의 표정이 좋지 않다.

 "무슨 일이라도 있으십니까? 원하시던 대로 됐는데 표정이 너무 어둡습니다."

 포머의 물음에 에타르는 모브를 활성화해 보여 줬다.

조각사 전용 모브고, 에타르가 가진 모브는 현재 조각사에 소속된 구성원들이 이름이 빨간색으로 표기되어 있다.

포머는 모브를 살피던 중, 익숙한 이름을 발견했다.

[레지]

"아니, 레지 선생이 언제 조각사에 들어온 겁니까? 그보다…… 누가 그와 접촉한 거죠?"

"바이스가. 정황은 전에 들었어. 바이스는 촉이 좋은 녀석이니까 그의 선택을 믿었지."

에밋 가문이 몰살당하던 그날에도, 가주인 바이스는 불길한 예감을 느꼈고 가문의 일원들을 뿔뿔이 흩어지게 했다.

그야말로 동물적인 감각이었다.

그런 그가 믿고 새롭게 들인 레지니 에타르는 아무런 의심을 하지 않았다.

그리고 결정적으로.

에타르의 표정이 어두운 건 레지가 들어와서가 아니다.

오히려 레지가 조각사에 합류하게 된 것은 에타르 스스로도 상당히 기쁘게 생각했다.

에타르는 조용히 명단 상단에 있는, 임펠이라는 이름을 가리켰다.

임펠의 이름이 빨간색이 아닌 하얀색이었다.

"임펠이……."

하얀색 이름의 의미는 딱 두 가지.

죽었거나, 아니면 모브를 파괴한 경우다.

어느 쪽이건 친위대에서 활동하는 임펠의 신변에 문제가 생겼다는 뜻이다.

임펠의 이름 밑으로는 라렌을 비롯한 이미 희생을 자처한 에밋 가문의 생존자들 이름이 하얀색으로 나열되었다.

죽은 사람을 하얀색으로 표기하는 이유는 바로 아르키스 에이머를 기리기 위함이다.

생전에 그가 가진 색도 하얀색, 별명도 청아한 하얀색.

하지만 이제 이 세상에 살고 있지 않은 사람.

세상에서 사라져, 그의 곁으로 간다는 의미를 품어 죽은 사람에게 하얀색 글씨를 내린 것이다.

"임펠이…… 설마 죽은 걸까요?"

"그런 것 같지는 않아. 바이스에게 연락해서 물어보니, 밑의 세계엔 여전히 친위대가 주둔 중이라고 하더군. 부대장이나 되는 인물이 죽어서 차기 부대장을 임명하려면 임명식이니 뭐니 귀찮은 행사를 진행해야 하는데, 그 장소가 본교의 꼭대기잖아. 대마법사의 친위대라 대마법사가 직접 임명해야 하니까."

"그렇단 것은 아직 무사하다는 거군요."

포머는 안도하며 말했다.

죽은 게 아니라 조각사 전용 모브를 부숴, 보안을 더욱 철저하게 하겠다는 임펠의 조치였던 것이다.

"그렇지. '아직'이지."

하지만 에타르는 여전히 표정이 어두웠다.

말 그대로 아직이지, 당장 짧게는 몇 시간 뒤, 길게는 며칠 뒤에 죽어도 이상하지 않을 상황에 놓였다는 것은 확실하다.

"임펠이 어쩌다가…… 의심을 사게 된 걸까요?"

"안 봐도 뻔해. 이거 때문이겠지. 타일런트 그놈, 성격이 잔인할 뿐이지, 머리는 더럽게 좋은 놈이야. 자신이 만든 물약도 구별 못 할까?"

에타르는 전에 임펠이 이곳 1클래스로 가기 위해 방문했을 때, 몰래 건네줬던 물약을 여전히 에타르가 보관 중이다.

"아무튼, 임펠까지 활동이 막혔어. 그 말이 무슨 뜻인지 알지?"

"네, 전면전이 다가오고 있다는 거죠."

에타르는 조각사의 전력을 다시 한번 확인해 봤다.

같은 조각사 구성원인 라무스 분교와 루스 분교.

그리고 자신의 분교에 있는 1클래스 교수 니드와 각 클래스별로 교사, 교수직을 맡고 있는 자식들.

아무리 점검하고 또 점검해도, 승산은 보이지 않았다.

"그런데 말이야……."

에타르의 시선은 아르텔의 입학 증서 옆에 펼쳐진, 동반 입학 학생 키에나, 헤이에게로 넘어갔다.

에타르는 헤이의 입학 증서를 손가락으로 쿡 짚었다.

"이 학생, 탭 테이킹 터득에 고작 일주일이 조금 넘었다며?"

"……네."

"교감 자네가 0클래스에서 봤을 때도 어딘가 꺼림칙한 기운에 오묘하다고 했잖아."

"분명히 그랬죠."

"흠, 아르텔이라는 학생에게만 집중해서 그런가? 이 두 학생이 가진 비상한 재능을 너무 늦게 파악한 것 같군."

그간 에타르의 신경은 오직 아르텔에게만 향했다.

왜냐, 아르텔이 보여 준 일들이 신경을 향할 수밖에 없도록 만들었기 때문이다.

0클래스부터, 더블 캐스터에 1클래스에선 남다른 마법 활용 능력.

게다가 그가 1클래스일 때 진행된 노힐과 미하엘, 두 가문의 개방 견학에선 가주 두 명이 기억을 잃기까지.

신경을 쓰고 싶지 않아도 절로 신경이 써진다.

두 가주가 기억을 잃는 사건 때문에 이제 에타르만이 아닌, 타일런트까지 아르텔에게 집중하고 있던 상태니까.

하지만 그런 아르텔에게 가려진 두 학생 키에나, 헤이.

분명히 재능이 엄청나다.

탭 테이킹의 습득이 일주일인 헤이와 신물 세 마리를 다루는 키에나.

아르텔이 모두의 관심을 한껏 받아 찬란히 빛나는 빛이라면, 그 두 학생은 빛이 만든 그림자다.

빛이 생기면 그림자라는 어둠이 생기는 게 자연의 이치고, 빛과 어둠은 늘 공존하는 법이니까.

"시간이 조금만 더 있었다면……."

에타르는 진한 아쉬움을 표했다.

정말 그의 바람대로 시간이 몇 년이라도 있었다면, 그 두 학생까지 키워 볼 생각이었다.

어린 학생이 탐날 정도로 현재 조각사의 전력이 타일런트에 비하면 너무나 부족하기 때문이다.

"포머."

"예, 교장 선생님."

"그래도 혹시 모르니까 헤이, 키에나, 이 두 학생도 키워봐. 시간은 없지만…… 우리가 사라지고 난 뒤 이 둘이 우리의 정신을 계승할 수 있도록."

"알겠습니다."

단순히 시간이 없다는 이유만으로 둘을 포기하기엔 너무나 훌륭한 재능이다.

특히 헤이는 마법 사회 역사상 전례가 없는 성장을 보이고, 키에나는 소환에 말도 안 되는 재능을 보이는 중.

따라서 전력에 보탤 마법사로 육성이 불가하다면, 오히려 정신교육이라도 제대로 시켜서 조각사가 사라지고 난 뒤 부서진 조각을 다시 줍는 차세대 조각사로 육성시킬 계획이었다.

충분히 그런 희망을 걸 가치가 있는 학생들이었다.

"이번 5클래스, 분교 역사상 가장 재미있는 5클래스가 되겠군. 5클래스 쪽 준비는 잘되고 있지?"

"네, 물론입니다. 거의 끝났습니다."

"난 잠시 친구들 좀 만나고 오지. 그때까지 보안을 부탁하네."

"알겠습니다, 다녀오십시오."

보안을 부탁한다는 말은, 교장실 밖으로 나가지 말고 에타르가 돌아올 때까지 자리를 지켜 달라는 뜻이다.

"잠시 밀어 주겠나?"

"네. 어디로 밀어 드릴까요?"

"저기."

에타르는 교장실 구석에는 세 개의 벽난로가 있다.

오른쪽부터 각각 꺼진 전구, 검은 장작, 투박한 돌덩이가 든 벽난로다.

이는 에타르가 거느린 조각사 일원인 라무스 분교, 루스 분교의 교장실과 연결된 웨이포인트다.

에타르는 돌덩이가 든 벽난로를 가리켰다.

"라무스 분교로 가시렵니까?"

"응, 트레샤 그 녀석이랑 대화하는 게 편해. 알프릭 녀석은 뭔가 답답하거든."

"빛 원소가 원래 고집이 조금 세지 않습니까? 찬란히 빛나고 싶은 욕구가 있으니까요."

"그건 불인 나도 마찬가지야."

그렇게 에타르가 돌덩이 벽난로 앞에 서자, 돌덩이는 스스로 뭉쳐져 포털을 형성했다.

"마침 트레샤 녀석도 심심했나 보군. 이렇게 빨리 반응하다니."

에타르가 특정 웨이포인트 앞에 서면, 상대편에서 포털을 열어 줘야만 갈 수 있는 방식이었다.

이것도 전부 보안을 위해 조치한 일들이다.

"여긴 걱정하지 마시고 다녀오십시오, 교장 선생님."

"고맙네."

에타르는 포털 속으로 휠체어를 끌었다.

도착한 라무스 분교의 교장실.

대지 원소 대표 가문의 가주이자, 라무스 분교의 교장실답게 동굴 속에 들어온 느낌이었다.

퀴퀴하고 습하지만, 적어도 에타르는 포근하게 느껴졌다.

"이게 누구야? 몇 년 동안 연락도 없던 위대한 에드 에타르 아니야?"

라무스 트레샤가 비꼬며 말했다.

짙은 갈색의 눈동자와 머리카락.

호리호리하며 키가 큰 마법사.

조각사의 일원이며, 한때 아르키스 에이머라는 스승 밑에서 같이 마법을 배운 에타르의 동문이다.

라무스 트레샤는 대지 원소사답게 내뱉는 말이 무뚝뚝했다.

표정도 쉽게 드러나지 않으며, 늘 숨이 막힐 듯 딱딱한 언행을 보였다.

그게 라무스 가문의 특징이라면 특징이다.

그런데 오늘은 트레샤도 그의 방문을 기다렸는지, 이 정도면 제법 따뜻한 쪽에 속한다.

"이렇게 찾아온 이유가 뭐야?"

"일단, 차라도 주지 않겠나? 넌 늘 그렇지만, 손님 대하는 방식이 참 딱딱해. 형식적으로라도 하라고."

"내 성격이 그러질 못해서."

말은 그렇게 하지만 트레샤는 곧장 차를 끓이기 시작했다.

동굴 속에 피어나는 차의 향기.

에타르에게 익숙하지만, 가슴 아픈 향기였다.

"……왜 꼭 그 차야? 옛날 생각나게."

각자의 사정

"그렇지, 우리에겐 가슴 아픈 차지. 하지만 그렇다고 잊을 순 없잖아? 난 스승님 얼굴을 기억하려고 억지로라도 마시는데. 이 차를 보면 스승님이 떠오르니까."

아르키스 에이머가 죽은 날 마셨던 차다.

타일런트가 몰래 약을 타고, 에타르가 꼭대기에 있는 아르키스 에이머에게 전해 줬던 그 차.

"……"

하지만 에타르는 자신이 스승의 죽음에 큰 몫을 담당했다고 생각해 표정이 침울하게 변했다.

"자, 마시자고."

이내 차를 전부 끓인 트레샤가 에타르에게 한 잔 건네며,

마주 보고 앉았다.

트레샤는 정말 아무렇지도 않게 차를 음미하며 마셨다.

"……나도 너처럼 감정이라는 게 없었으면 좋겠군. 그럼 이런 죄책감도 느끼지 않을 텐데."

"무슨 소리. 나도 인간인데 왜 감정이 없겠어? 그저 내색하지 않는 것뿐이지."

"어쨌든."

그렇게 두 교장은 차를 마시기 시작했다.

"그나저나, 이렇게 찾아온 이유가 뭐야? 보안 때문에 서로 연락도 안 하고, 찾아온 적도 없잖아."

이제 트레샤는 본론을 물었다.

에타르는 자신의 분교에 있는 아르텔에 관한 정보를 그제야 트레샤에게 전했다.

"뭐? 아니, 그런 중대한 일이 있으면 곧장 알려 주지 왜 이제야 알려 주는 거야!"

감정을 잘 내색하지 않는 트레샤가 이렇게 흥분한 모습을 보이는 것.

꽤 좋은 징조다.

"그야 나도 확신이 없었으니까. 하지만 이번에 확신이 생겨서 널 만나러 온 거야."

"아니지, 아니지. 잠깐. 이건 우리끼리 이야기할 문제가 아니잖아? 알프릭도 불러야지. 조각사의 존폐, 나아가 마법

사회 전체의 존망이 걸린 문제인데."

본래 라무스 분교에 들러, 그곳에 있는 웨이포인트를 통해 루스 분교로 가려고 했던 에타르다.

포머에겐 루스 알프릭이 답답해서 싫다곤 했지만, 지금 얘기하는 것은 트레샤가 말한 대로 조각사와 마법 사회의 미래가 걸린 문제.

루스 알프릭 또한 같은 조각사 일원인데 그를 빼놓고 이야기할 순 없기 때문이다.

하지만 마침, 트레샤가 이쪽으로 알프릭을 부른다고 하니 수고를 덜게 되어 다행이라고 생각했다.

라무스 분교의 교장실 구석에도 에타르의 교장실 구석에 있던 벽난로 세 개가 나란히 있었다.

트레샤는 그중 불이 꺼진 전구를 품은 벽난로 앞에 서서 갑자기 마법을 구현하기 시작했다.

자신의 주먹에 단단한 바위를 두른 것처럼, 그의 한쪽 손이 바윗덩이가 되었다.

쾅! 쾅!

"야! 알프릭! 거기에 있는 거 다 안다! 빨리 이쪽으로 넘어와! 길은 열어 줄게!"

급기야 바윗덩이가 된 손으로 루스 분교로 향하는 웨이포인트를 내리치며 소리쳤다.

"알프릭! 빨리 오라고!"

그가 한껏 소리치자, 돌덩이 벽난로의 돌이 뭉치며 포털을
열었다.

알프릭이 반응한 것이다.

"교양이라곤 찾아볼 수가 없는 녀석이군. 넌 과거에도 스
승님께 진중하라고 꾸짖음 받은 녀석이 어째서 그대로인지,
쯧쯧."

훈계하는 듯한 목소리가 포털 속에서 들리더니, 드디어 발
한쪽이 포털 밖으로 모습을 드러냈다.

새하얀 신발.

이윽고 드러난 루스 알프릭의 전신.

생전의 아르키스 에이머를 연상케 하는 소매가 길게 뻗어
바닥까지 닿아 질질 끌리는 새하얀 모브.

백발의 장발.

하얀 눈동자까지.

인상착의만 보면 아르키스 에이머가 살아서 온 것일까 하
는 착각이 들 정도였다.

"……뭐야? 너 모습이 왜 그 모양이야?"

루스 알프릭의 등장과 함께 에타르와 트레샤는 한껏 놀랐
다.

마지막으로 봤을 때가 50년이 조금 넘었다.

하지만 그땐 분명히 그의 머리카락은 짧았으며, 로브도 저
렇게 소매가 긴 것을 입지 않았다.

그가 아르키스 에이머의 제자로 지낼 때, '스승님은 저거 불편하지도 않나? 나는 절대 못 입을 것 같은데……. 소매가 너무 길어서 바닥에 끌리잖아. 그래서 스승님께서 매일 팔짱 끼고 다니시는 거고.'라며 아르키스 에이머의 복장을 탐탁지 않게 여겼던 적이 많았기 때문이다.

그랬던 그인데.

지금은 부정할 수 없는 아르키스 에이머의 모습을 하고 있었다.

"스승님을 기리는 방법은 다양하잖아. 난 내 방식대로 택한 건데 문제라도 있나?"

알프릭은 개의치 않고 답하며, 에타르의 옆으로 다가와 앉았다.

"내 차는?"

"……네가 알아서 퍼다 마시든가."

트레샤와 알프릭은 만나기가 무섭게 옥신각신했다.

"둘은 아직도 그러냐? 이제 정신 좀 차리자. 지금 시대의 우리는 스승님의 제자가 아니라, 각자 분교의 교장이자 원소 대표 가문의 가주들이잖아. 격식 있게 행동하자고."

에타르가 선생님처럼 둘을 타일렀다.

"그러네. 시대가 그렇게 변했지. 그런데 이상하게도 이렇게 셋이 모이면 난 스승님의 제자였던 때로 돌아간 것 같아서 말이야."

트레샤가 답했다.

그는 답하면서, 알프릭에게 줄 차를 새롭게 따랐다.

"그건 나도 동감이야. 꼭 동심의 세계로 돌아간 것 같은 기분이지. 마법을 배우던, 순수했던 그때 말이야."

이번엔 알프릭의 답이다.

그도 이렇게 셋이 모이는 날을 내심 기대했던 것이다.

그들이 앉아 있는 곳은 원형 테이블.

여섯 개의 자리 중, 세 개의 자리가 채워졌다.

트레샤가 일부러 여섯 개로 만든 이유는, 스승님을 기리며 제자 여섯 명이 다 같이 모여 앉아 식사라도 하는 날이 오길 고대했기 때문이다.

하지만 현실은…….

절대 그렇게 될 수 없다는 것을, 이곳에 모인 세 명은 잘 알고 있었다.

"개자식들."

트레샤가 빈 세 자리를 보며 말했다.

"뭐 이제 와서 하는 말이지만, 난 처음에 아르키스 님이 드라코 타일런트 그놈을 제자로 들인다고 했을 때 입에 거품을 물고 반대했어."

알프릭도 거들었다.

"왜?"

"왜긴 왜야. 어둠 원소는 그 속내가 다 더러운데. 개 버릇

남 못 주는 거지. 스승님은 사람이 너무 좋아서 탈이야. 결국, 어떻게 되셨어? 배신당하셨잖아."

알프릭이 결사반대했던 타일런트의 손에 의해 죽었다.

이는 부정할 수 없는 사실이다.

"그랬군……. 난 단순히 네가 타일런트를 싫어하는 게 너와 정반대 성향인 원소사라 그런 줄 알았지."

에타르가 넌지시 물었다.

"그것도 맞아. 우리 빛 원소사가 어둠 원소사를 싫어하는 이유가 정반대 성향이라서인 건 맞으니까. 그런데 어둠 원소사는 기본적으로 더러운 속내를 가지고 살아. 그게 결정적인 이유일 뿐이야."

"야, 에타르, 너도 리비아랑 엄청 싸웠잖아? 너 리비아한테 뺨도 맞은 적 있지 않아?"

트레샤가 뜬금없는 옛이야기를 꺼냈다.

"……."

에타르는 황급히 입을 다물었고.

"그랬어?"

알프릭은 흥미를 보였다.

에타르는 간간이 '흐흠…….' 하는 헛기침을 내보냈다.

물 원소사 라믹 리비아.

불 원소사인 에드 에타르와 완전 반대 성향의 마법사로 제자 시절부터 사이가 그다지 좋지 않았다.

더군다나 리비아는 여성 마법사로, 처음부터 에타르와 마찰이 있었다.

성향도 다른데 성별까지 다르니 그야말로 둘은 불협화음이었다.

"응, 물 싸대기를 아주 시원하게 얻어맞았거든. 그리고 보니 너 그렇게 한 대 맞고 나서 네 불이 조금 약해진 것 같은데, 그거 기분 탓 아니지?"

"그러는 너는? 넌 카비르한테 침 맞지 않았냐? 둘이 싸우고 카비르가 열 받아서 뱉은 침을 바람으로 네 이마에 날렸잖아."

트레샤에게도 에타르와 비슷한 일화가 존재한다.

미르네 카비르.

현 미르네 분교 교장.

그녀 역시, 대지 원소사인 트레샤와 정반대의 성향의 원소사.

카비르도 여성 마법사로 라비아, 에타르와 똑같이 불협화음이 있었다.

"그 얘기가 지금 왜 나와!"

트레샤는 발끈했다.

"먼저 얘기를 꺼낸 건 넌데? 상대를 때릴 땐 네가 맞을 수 있다는 것도 염두에 두라고."

"아주 놀고들 있다……."

알프릭이 한심한 듯 고개를 저으며 중재했다.

"우리가 지금 이런 시시껄렁한 얘기나 하자고 모인 건 아닐 텐데?"

"……."

그제야 분위기는 원래대로 돌아갔다.

그러자 에타르는 자신의 분교에 있는 에타르라는 학생이 0클래스부터 보인 재능과 기억을 잃은 두 가주, 타일런트가 그에게 관심을 가져 버렸다는 것, 덧붙여서 그를 보호하기 위해 에밋 가문의 생존자들의 희생까지, 그간의 이야기들을 전부 전했다.

"……애써 살린 에밋 가문의 일원들이……."

알프릭은 안타깝게 희생당한 그들을 애도했다.

"그럼 지금 남은 에밋 가문은 몇이나 되지?"

"세 명."

"안 그래도 원소사 가문 중 가장 구성원이 적었던 곳인데…… 이제 세 명밖에 남지 않았다니."

"한 명만 더 있었어도……."

트레샤, 알프릭은 전부 다가올 전면전을 생각하며 말했다.

마법 학교 본교, 친위대, 드라코 가문, 라믹 가문, 미르네 가문.

이들이 한 번에 상대할 곳이 네 곳.

기타 드라코 가문에 협력하는 구성 가문인 노힐, 미하엘 가문을 제외하고도 네 곳이다.

각각 플레우드가 한 명씩은 필요하다.

그래야 상성을 무마할 수 있고, 승산을 조금이라도 챙길 수 있으니까.

하지만 딱 한 명이 모자랐다.

상황이 이렇다 보니, 에타르는 희생시킨 네 명의 빈자리를 뼈저리게 느꼈다.

"그런데 그 여자아이의 행방은 아직도 못 찾았어?"

알프릭이 에타르에게 물었다.

"……흔적도 찾을 수가 없어. 이쯤 되면 이미 친위대의 손에 죽었다고 보는 게 맞지."

"누굴 말하는 거야?"

상황을 모르는 트레샤가 묻자, 알프릭이 답했다.

"250년 전 에밋 가문이 공격받은 날, 내가 가장 먼저 나섰잖아. 그때 어린 여자애 하나를 구해 줬거든. 에밋 가문의 일원이었는데."

전력이 너무나 모자라다 보니, 이제야 그때 구해 줬던 여자아이의 행방을 찾게 된 것이다.

"도무지 그 이름이 기억나지 않는단 말이야. 세 글자였던 것 같은데."

워낙 정황이 없던 상황이라, 구해 준 당사자 알프릭조차도 이름을 제대로 기억하지 못했다.

"아마 델세르일 거야."

"어떻게 알아? 넌 그 여자애를 본 적도 없잖아?"

에타르는 일전에 친위대의 분교 진입을 막기 위해 희생된 에밋 라렌의 목소리가 담긴 모브를 틀었다.

그녀가 죽으러 가는 날 제 동생을 꼭 찾아 달라고 당부한 그 녹음이다.

"……델세르. 지금 생각해 보니 그 이름이 맞는 것 같기도 하네."

세 가주는 잠시 희생을 기리는 묵념의 시간을 가졌다.

"일단, 앞으로 다가올 전면전 때문에 너희를 찾은 거야. 다들 전력이 얼마나 되는지, 최종적으로 확인하려고."

묵념을 끝낸 에타르는 심각하게 말했다.

그리고 두 사람과 함께 진지한 회의를 이어 나갔다.

다음 날, 5클래스 오전 10시 20분경.

교수 드라코 데브은 자신의 모브에 뜬 경고 메시지를 보고 부리나케 문제의 장소로 향했다.

문제의 장소는 5클래스의 강당.

그런데 도착한 강당엔 본교에나 있어야 할 제단이 놓여 있었다.

제단을 발견하자마자, 그는 겁에 질린 표정으로 황급히 제단을 없애려고 했다.

하지만.

크르르르르–!

제단에서 몬스터 하나가 튀어나왔다.

아니, 처음엔 하나였지만 자체 분열이라도 하는 것처럼 그 수가 기하급수적으로 늘어났다.

검은 가죽, 검은 눈을 가진 거대한 늑대들.

늑대는 데븐을 보며 입맛을 다셨다.

"8급 제단이 왜 여기에……."

쾅–!

그 순간, 강당의 문이 닫히고, 나갈 수 없도록 차단 마법이 걸렸다.

어둠 원소의 마법이었다.

'도대체 누가?'

데븐은 당황하지 않을 수 없었다.

교수인 자신조차도 나갈 수 없을 정도로 강력한 차단 마법.

이런 마법을 구사할 수 있는 인물은 이 분교에서 그가 알기로 딱 한 명뿐이다.

'설마 교감이……?'

하지만 때는 이미 늦었다.

제단에서 튀어나온 검은 늑대 무리는 데븐의 몸을 먹이처럼 찢어발겼다.

"끄아아악-!"

강당엔 그의 비명을 끝으로, 검은 늑대와 빨간 피만이 남았다.

포머는 강당 구석에서 데븐이 죽어 가는 것을 그저 지켜만 봤다.

당연히, 모습은 들키지 않아야 하니 어둠 원소로 자신의 모습을 음영에 가렸다.

그렇게 데븐은 이제 형체를 알아볼 수 없는 시체로 전락하고, 강당 바닥엔 작은 연못이라도 생긴 것처럼 진한 피 웅덩이가 생성되었다.

'직접 보니까 끔찍하군.'

데븐에게 미안한 감정은 없다.

어차피 적대시하는 드라코 가문의 마법사니까.

이제 포머의 목표는 저 수십 마리의 늑대들을 처리하고, 잠시 연결했던 제단을 다시 부수는 것.

포머는 모습을 감췄던 어둠 원소 마법을 거두며 늑대에게 자신의 모습을 보였다.

크르르르르-!

새로운 먹잇감이 나타나자, 늑대들은 발정이라도 난 것처럼 흥분하며 침을 뚝뚝 흘리고 잇몸을 한껏 치켜세워 날카로운 이빨을 보이며 포머에게 살생의 메시지를 보냈다.

"그래, 먹고 싶겠지. 하지만 나도 산전수전 다 겪은 몸이라 쉽게 죽어선 안 되거든."

촤라라락-!

포머는 드라코 가문의 시그니처 마법, 검은 송곳들을 구현할 수 있는 최대의 수로 구현했다.

그는 이 마법을 사용하는 게 그다지 내키진 않았지만, 이 몬스터들을 효과적으로 처리하기에는 가장 적합한 마법이었다.

크륵!

늑대들이 일제히 달려들자, 포머는 날아오는 늑대들의 몸체에 검은 송곳을 찔러 대며 차근차근 격파해 나갔다.

깨갱-!

깨개갱-!

이내 강당엔 학대당하는 것만 같은 개의 울음소리만이 울려 퍼졌다.

밑의 세계, 검사들의 거리.

가렌트는 퀼트가 있는 집을 찾았다.

다 늙은 할머니의 모습을 한 퀼트.

늘 그렇듯이 정신이 저 멀리 날아가 초점까지 없는 상태다.

"퀼트 할멈, 이거 먹어요."

퀼트는 할머니인데도 소녀처럼 쿠키를 참 좋아했다.

그런 그녀가 앉은 테이블에 가렌트는 미리 가지고 온 쿠키를 놓았다.

눈으로 보지 않고 손만 움직여 쿠키 냄새에 이끌려 더듬거리는 손.

꼭 동물이 어떤 음식이 있으면 냄새를 먼저 맡고, 먹는 것만 같은 모습이다.

쿠키를 집어 든 퀼트는 다 빠진 이로 쿠키를 씹기 시작했다.

"퀼트 할멈, 할머니의 부모는 원래 마법사잖아요. 마법 사회에서 이쪽으로 넘어온 사람이잖아."

가렌트가 대검사가 되고 나서 얼마 지나지 않았을 때의 일이었다.

검사들과의 교류를 원했던 당시의 대마법사 아르키스 에이머.

퀼트 부모가 바로 그런 영향으로 검사들에게 넘어온 마법사였다.

퀼트의 부모가 먼저 이곳으로 넘어오고, 이곳에서 딸을 낳았는데, 그게 바로 퀼트다.

그렇다고 아르키스 에이머가 강제로 그녀의 부모를 이곳으로 보낸 건 아니다.

순전히 가고 싶은 사람만 가도록 했는데, 그 많은 마법사 중에 유일하게 퀼트의 부모만이 이쪽으로 넘어온 것이었다.

"할멈, 먹으면서 들어요. 내가 푸념 좀 늘어놓으려고 찾아왔으니까."

퀼트는 아무것도 모른 채 초점 없는 눈을 하고 쿠키를 씹어 댔다.

"곧 마법사들과 전쟁이 일어날 것 같아요. 그런데 말이죠…… 내 친구가 있으면, 이 전쟁에서 이길 것 같은데…… 내 친구를 찾아 줄 순 없어요?"

아르키스 에이머를 말하는 것이다.

가렌트는 그가 죽지 않았다고 믿는 유일한 검사.

현 대검사인 불카토스 밀턴에겐 죽은 친구라고 표현했지만, 실상 속내는 어딘가 아르키스 에이머가 살아 있을 거라고 생각하는 중이다.

"미친 소리 같죠? 하지만 전혀 미친 게 아니에요. 자, 봐 봐요. 제 모습을요. 검사인데도 400년 넘게 살고 있어요. 그것도 젊은 모습을 그대로 간직하면서 말이죠."

퀼트의 초점은 여전히 흐리다.

"제 친구가 죽은 그날. 전 꼭대기의 봉인석을 통해 전부 듣고 있었어요. 그런데 그 친구가 죽었을 때 봉인석에서 눈이 부시도록 하얀 빛이 났어요. 그 빛이 폭발하며 절 때렸고요."

가렌트는 퀼트의 한쪽 손을 잡고 자신의 얼굴을 만지도록 했다.

"그 결과가 이거라고요. 전 검사인데도 늙어 죽지 않고, 이렇게 젊음을 유지하며 장수하고 있죠. 이 현상을 전 이렇게 해석했어요, 그 친구의 마력을 받아 내 몸이 이상해진 거라고. 그런데 퀼트 할멈, 궁금한 게 있어요. 그 친구가 정말 죽었다면, 제가 지금까지 살 수 있었을까요?"

가렌트는 그 누구도 풀지 못한, 검사인데도 마법사와 같은 수명을 가진 이유가 바로 그것이라고 생각했다.

물론, 이것도 정답이 아니다.

순전히 자신만의 망상에 지나지 않는다.

하지만 정말로 아르키스 에이머가 죽었다면 마력이 자신에게 영향을 주지 않을 테니 이렇게 오래 살 수도 없다.

그것을 맹신하며 대검사직을 버리고 사라진 아르키스 에이머를 찾으려고 했던 것이다.

그리고 마법사와의 전쟁의 징조가 보이는 지금.

가렌트에겐 아르키스 에이머가 꼭 필요한 인물이다.

그의 복수를 도울 테니 검사 사회를 도와 달라고 청하고 싶었다.

이유는 단순하다.

검사와 마법사 들이 전력으로 맞붙는 전쟁을 하게 될 경우, 검사들은 이길 수 없는 싸움이기 때문이다.

검사는 상대와 딱 붙어서, 오로지 제 신체와 무기인 검을 믿고 싸우는 자들.

근접전만 할 수 있다.

하지만 마법사의 마법으로 인해 접근 자체가 쉽지 않다.

붙으면 이길 수 있는 확률이 조금 생기지만, 그 붙는 것조차 하늘의 별 따기 수준으로 확률이 희박하기 때문이다.

마법사들의 마법을 검으로 쳐 내면 무기를 잃고, 몸으로 받아 내면 목숨을 잃는 난공불락의 상황에서 절대적으로 필요한 인물이었다.

"할멈…… 마법사잖아요. 아무리 오래전에 마법 사회를 떠나왔어도, 연락이 닿는 마법사 하나쯤은 있을 것 아니에요……. 그 마법사를 통해 내 친구를 찾아 주세요……. 아르키스 에이머를요."

가렌트는 이제 애원하듯, 그의 이름을 중얼거렸다.

"히히, 히히히."

"……할멈?"

그런데 초점이 없던 퀼트가 갑자기 이상한 웃음소리를 흘려보내고, 검은 초점이 드리웠다.

"하늘…… 하늘! 하늘은 하얀색!"

"……그게 무슨 소리예요? 하늘은 보통 파랗다고 표현하지, 하얀색이라니?"

잠시 제정신이 돌아온 퀼트.

그래도 대화가 되지 않는 건 여전하다.

하지만 퀼트는 반쯤 깨물어 날카로워진 쿠키를 테이블에 난잡하게 긋기 시작했다.

그 손놀림이 꼭 그림을 그릴 때와 똑같았다.

"할멈! 잠깐만요!"

가렌트는 황급히 그녀에게 종이와 연필을 가져다줬다.

이내 퀼트는 그림을 그리기 시작했다.

그녀가 그린 것은 하늘에 뜬 무수히 많은 구름.

펜을 내려놓은 퀼트는 다시 똑같은 말을 중얼거렸다.

"하늘! 하늘은 하얀색!"

"할멈, 이건 하늘이 아니라…… 구름이잖아요? 구름이 하얀색이 맞긴 하지만……."

아무리 퀼트가 제정신이 아니라고 한들, 구름과 하늘을 구분하지 못할까.

하지만 분명한 것은 퀼트는 지금 예언을 하는 중이다.

"하얀색! 하얀색! 하늘은…… 사라지지 않는다! 늘 존재한다! 하늘은 언제나 우리의 위에! 있……다아…….."

예언을 마친 퀼트는 그대로 테이블에 엎어졌다.

입속엔 여전히 쿠키 조각을 머금은 채로 잠이 들었다.

"……우리의 위에 있다?"

아무리 봐도 친구를 찾아 달라는 부탁에 대한 답은 아니지만, 가렌트는 이상하게 그 그림에 자꾸만 신경을 빼앗겼다.

"위는 어딜 말하는 거지……?"

그저 그녀가 강조한 것을 해석할 뿐이었다.

오후 2시.

큘럼의 공지를 받고, 나와 키에나, 헤이는 강당으로 향하던 중이었다.

짝짝짝짝짝!

복도를 걸을 때 갑자기 켈레드가 나를 보고 손뼉을 쳤다.

"자, 얘들아, 박수! 아르텔이랑 키에나, 헤이가 면접에 합격하고 오늘 5클래스로 가는 날이야!"

"……?"

이건 갑자기 무슨 헹가래도 아니고.

하지만 켈레드가 소리치자, 근처에 있던 학생들이 일제히 도열해 우리를 향해 박수를 보냈다.

"한 달 만에 5클래스. 역시, 더블 캐스터야!"

"키에나랑 헤이도 대단해! 둘도 합격했으니까 아르텔과 함께 가는 거잖아!"

학생들은 진심으로 우리를 축하했다.

3클래스로 온 첫날.

켈레드는 모든 학우와 친한 것을 알고 있었는데, 이 정도일 줄은 몰랐다.

그 덕분에 우린 학생들의 환호를 받으며 복도를 걸었다.

그렇게 켈레드 앞에 지나칠 때였다.

"아르텔, 약속 지켜."

"무슨 약속?"

"세상에, 그걸 그새 까먹어? 기억력은 안 좋은 거야? 5클래스로 가면 친구 해 준다며!"

"아…… 그거? 당연히 기억하지."

"그러니까! 딱 기다리고 있으라고!"

"알았다."

학생들은 우리가 완전히 사라질 때까지 박수를 멈추지 않았다.

누군가 시키는 게 아닌, 학생들이 진심으로 축하하기 위해 보내는 박수.

뭉클했는지 키에나와 헤이의 눈망울이 눈물로 조금 채워졌다.

"우리가 이런 대접도 다 받고……."

하긴, 1클래스 때부터 공식 왕따 생활을 해 오다가 처음으로 축복받는 이별이니 나도 묘한 감정을 느끼는데 키에나와 헤이는 오죽할까.

"너희들도 열심히 해! 다들 5클래스에서 보자!"

키에나는 박수를 열심히 보내는 학생들을 향해 소리쳤다.

그렇게 3클래스 학생들과 이별하고 이제 강당으로 들어섰다.

큘럼은 이미 도착해서 우리가 오길 기다리던 중이었다.

"2분 늦었네? 확 그냥 합격 취소할까?"

큘럼은 헤어지는 날에도 그 까칠함을 버리지 않았다.

"자, 정렬."

지시대로 우리 셋이 나란히 정렬하자, 그녀는 차례대로 기존에 있던 3클래스 견장을 떼고 5클래스 견장으로 새롭게 달아 줬다.

그리고 5클래스로 향하는 포털을 열었다.

"이 안으로 들어가면 5클래스 강당이 나올 거야. 교감 선생님께서 너희를 기다리시니, 가서 안내받아."

"……왜 5클래스 교수님이 아닌, 교감 선생님이 나오는 거죠?"

하지만 난 그 부분에 집중했다.

6클래스라면 모를까, 5클래스에서 멀쩡히 있는 교수를 놔두고 교감이 직접 나온다는 게 못내 못마땅했다.

"그건 나도 모르지. 그렇게 궁금하면 네가 직접 교감 선생님께 묻든가.”

　……너한테 답을 기대한 내 잘못이지.

　“자, 그럼 얼른 사라져.”

　큘럼은 다짜고짜 내 등 뒤로 돌아, 내 등을 힘껏 밀쳤다.

　그 탓으로 난 억지로 포털 속으로 몸을 밀어 넣게 됐다.

　거참, 이별 인사 한번 격하다.

　“헤이랑 키에나 너도.”

　둘도 격한 이별 인사를 피할 수 없었다.

❧

　도착한 5클래스의 강당.

　확실히 3클래스에 비하면 훨씬 더 넓다.

　게다가 으리으리하기까지.

　이건 단순한 학교 강당이 아닌, 꼭 어느 가문의 본가에 있
는 시설물처럼 상당히 고급스러웠다.

　“우와…….”

　“5클래스는 확실히 뭔가 다른 분위기다. 그치?”

　키에나와 헤이는 멋들어진 5클래스 강당을 보며 감탄을
금치 못했다.

　하지만 난 이 웅장함 속에 숨어 있는 수상함을 느낄 수 있
었다.

'뭐지? 왜 여길 들어서자마자 기분 나쁜 기운이 느껴지지?'

이 강당에서 꽤 익숙한 기운이 느껴졌다.

바로 사일러드의 소환사의 기운이.

나는 눈을 잠시 감고, 오감(五感)을 마법으로 극대화했다.

그러자 강화된 오감 중 후각으로 어떤 사실을 알아챌 수 있었다.

'피 냄새……?'

학교 강당에서 피를 흘릴 이유가 뭐가 있을까?

애초에 누구의 피지?

그렇게 갖은 추측을 할 때였다.

"환영한다. 다들 오랜만에 보는군. 아니, 이 정도면 자주 보는 건가?"

포머가 우리의 눈앞에 나타났다.

그런데…….

포머에게서 유독 피 냄새가 진동하고 있었다.

새로운 시험

코가 따가울 정도다.

이 정도면 방금까지 살육을 벌인 녀석만 같다.

게다가 한 명의 피가 아니다.

못해도 수십 명.

도대체 이 강당에서 무슨 일이 벌어졌는지 궁금해지는 순간이었다.

"자, 환영 인사는 이쯤 하기로 하고. 잠시 간담회를 시작하지. 미리 설명을 들었겠지만, 교수가 공석인 관계로 교감인 내가 그 자리를 대신하게 되었다."

포머가 말했다.

하지만 모든 게 수상한 나는 그를 향한 시선이 고울 리가 없었다.

포머도 눈치를 챘는지, 나와 시선을 피하지 않고 물었다.

"넌 표정이 왜 그러지? 교감을 향한 눈빛치곤 너무 살기로 가득한 거 아닌가?"

"살기요?"

"……."

그저 자신이 뱉은 단어 하나를 짚어 줬을 뿐인데, 포머의 표정도 불편하게 보였다.

이쯤 되면 하난 확실하게 알 수 있었다.

이 강당에서 무슨 일이 벌어졌다는 것을.

상대를 죽일 정도의 일이 과연 뭔지는 이제부터 알아내야 할 문제지만.

"교수님 자리는 왜 공석이죠? 1클래스에서도 그러시더니 교감이나 되시는 분이 비교적 하찮은 직위에 자주 땜빵 하시는 것 같네요."

"넌 저번에도 그러더니, 쓸데없이 궁금한 것이 많군. 학교 사정을 전부 네게 알려 줄 수 없으니 그런 줄 알아."

포머는 내 질문을 아예 차단했다.

그 덕에 나는 그게 답하기 곤란한 질문이라는 걸 알아차릴 수 있었다.

"자, 5클래스부턴 새로운 형식의 수업이 너희를 기다릴 거야. 너희가 1클래스, 3클래스에서 했던 학생 능력 평가는 없다."

이제 나를 완전히 무시하고 설명하기 시작했다.

"학생 능력 평가가 없다는 말씀이면……?"

키에나가 물었다.

"대련은 없다는 거야. 당연히 포인트도 없고, 5클래스부턴 0클래스 때처럼, 모든 시설물 이용이 자유이고 무료다. 5클래스는 고급 마법사로 인정하는 곳이니 숫자 따위로 학생을 저울질할 필요가 없거든."

키에나와 헤이는 그저 포인트가 없고, 시설물 이용이 자유롭다는 것에만 중점을 둬, 기뻐하는 모습이다.

'이게 다가 아닐 텐데.'

퇴학에 집착하던 학교가 3클래스부터 갑자기 인자한 척하기 시작했다.

본래 친절이라는 미소 속에는 부당함이라는 처우가 있기 마련이다.

분명히 뭔가 쉽게 헤쳐 나갈 수 없는 난관이 끝에 있을 것이다.

"그럼 학생 능력 평가는 뭐로 하고, 6클래스 자격은 뭐로 판단하는 거죠?"

내가 여전히 가시 돋친 말로 물었다.

"그건 이제 너희들 담당 교사에게 들으면 돼. 내 간담회는 그저 그간 너희가 해 왔던 것과는 다르다고 알려 주려는 의도일 뿐이니까."

이건 간담회가 아니라 일방적인 통보 아닌가.

하지만 여전히 자유 속에 숨은 부당함이 뭔지 도통 모르겠다.

"기숙사 배정은 내가 전부 해 뒀어. 모브로 확인하도록. 그럼, 5클래스 생활도 잘해 보도록."

포머가 그렇게 강당을 떠나려고 할 때였다.

"교감 선생님."

"또 뭐지, 아르텔?"

"강당에서 무슨 요리라도 했나요? 시큼한 냄새가 진동해서 코가 따가워 죽겠는데."

강당에 스며든 불안한 기운과 피 냄새.

그리고 유독 짙은 피 냄새를 풍기는 포머.

무슨 일이 있었는지 알아야 했다.

내가 일부러 요리라고 말한 것은, 포머의 몸에서 나는 피 냄새 때문이다.

살육을 즐기는 놈이 아니고선 저런 피 냄새를 풍길 리도 없는데, 살육을 즐기는 놈들은 보통 그것을 요리라고 말하곤 하니까.

그리고 시큼한 냄새는 피 냄새를 가리킨 거다.

'자, 반응을 보여 봐.'

"모르겠군. 그런데 강당에서 무슨 요리를 하나? 조리 도구가 어디에 있다고."

포머는 그저 무덤덤하게 답하고, 강당을 떠났다.

"무슨 냄새? 난 아무 냄새도 안 나는데."

키에나가 물었다.

"킁킁. 나도 안 느껴지는데."

헤이는 과하게 냄새 맡는 소리를 내며 말했다.

"……아무것도 아니야."

알아내고 싶었지만, 알아낼 수 없게 되었으니, 나도 빠르게 포기했다.

'어차피 학교생활을 하다 보면 알게 되겠지.'

왜 살육이 벌어졌는지.

그게 내 관심사다.

'설마 이 친절함 끝에 숨은 부당함의 정체가 죽음, 뭐 이런 건 아니겠지?'

아무리 학교가 학생을 싫어해도, 그 정도로 할까 싶었다.

❦

포머는 복도를 걷던 중, 자신이 입고 있던 코트를 코에 바짝 밀착시켜 냄새를 맡았다.

'냄새는 확실히 지웠고, 뒤처리도 전부 깔끔하게 했는데 어떻게……?'

아무리 후각이 예민한 사람이라고 한들 절대 맡을 수 없는 냄새들이다.

그런데 어떻게 아르텔은 짐승의 후각을 가진 것처럼 바로 알아차렸을까?

포머는 그 순간 철렁했지만, 평온함을 겨우 유지할 수 있었다.

'아르텔, 정말 너는 알면 알수록 이상한 학생이야. 그런데 그 이상함이 오히려 우리에겐 도움이 되지.'

에타르와 함께 모든 신경을 쏟아붓는 학생이다.

그런 학생이 계속 비상한 모습을 보이니, 포머는 흐뭇할 수밖에 없었다.

'교장 선생님께서 좋아하시겠어.'

밴시는 2클래스 교수 에드 스파클과 면접을 진행 중이었다.

'에타르의 개······.'

2클래스 교수는 에드 가문의 마법사.

자신과 똑같이 빨간 장발을 가진 여성 마법사다.

밴시는 눈으로 그녀의 외모를 훑었다.

외모를 판단하기 위함이 아닌, 과연 이 교수는 어느 정도의 마력을 지닌 마법사인지 판단하기 위함이었다.

그녀가 교수를 찾은 이유는 단 하나.

2클래스의 수업에 불만을 품어서다.

"그러니까 밴시 학생, 내가 말했지? 2클래스엔 특별 전형이라는 게 없다고."

그녀가 바라는 것은 바로 특별 전형.

단 한 가지 요구를 추가한 게 있다면, 충분한 자격을 갖추고 합격하면 졸업식까지 기다리지 않고 학기 중에도 다음 클래스로 갈 수 있도록 하는 것이다.

"1클래스엔 있었어요. 그거 덕분에 제 친구 세 명이 3클래스로 갔고요. 그런데 왜 1클래스보다 높은 2클래스에 없어요? 이상하잖아요."

"아, 글쎄! 없다니까!"

너무 이상하다.

그러고 보니, 학생 능력 평가 방식도 아르텔이 1클래스의 오기 전의 방식을 2클래스도 그대로 따르는 중이다.

포인트를 보유하고, 교사 재량 평가에서 1등 하면 얻고, 주간 공통 수업인 대련 과목에서 상위권이면 얻는 그 방식이다.

밴시는 2클래스 입성 한 달 만에 상위권을 석권하는 우등생이 되었다.

"교수 재량으로 그 정도도 못 만들어요? 1클래스도 그렇게 한 거 아닌가요? 게다가 1클래스 교수는 에드 가문의 마법사도 아니었는데요."

"그건 교수 재량으로 만들 수 없어."

"그럼 1클래스 땐 뭐냐고요."

"교장 선생님이 따로 지시한 거겠지."

"그게 더 이상하잖아요. 1클래스에선 하고, 2클래스에선 안 하는 그 이유가 뭔데요?"

1클래스와 2클래스는 큰 차이가 없다.

그런데 왜 갑자기 한창 행하던 것을 없애려는 걸까?

밴시는 그 차이를 곰곰이 생각하던 중, 한 가지 걸리는 게 있었다.

'설마, 아르키스 님?'

평온한 1클래스에서도 대련의 격변이 불어닥친 것은 아르텔의 등장 이후다.

그리고 차이가 없는 1클래스와 2클래스.

아르텔이라는 존재를 대입하면, 그 없던 차이가 명확하게 드러난다.

1클래스엔 아르텔이 있었고, 2클래스엔 없으니까.

'왜 아르키스 님을 빠르게 올라오게 하려고 한 거지?'

교장의 지시라고 했으니, 에타르의 지시다.

그렇다면 에타르는 무엇을 위해 아르텔이 특별 전형을 받도록 한 걸까?

아르텔만을 위한 특별 전형을 마련했다는 것은 아르텔이 특별 전형을 받을 수 있다는 확신을 가지고 있어야 가능하다.

하지만 어떻게 그렇게 확신한 걸까?

밴시는 곰곰이 생각했다.

그리고 곧 사색이 되었다.

'설마……?'

에타르가 아르텔이 아르키스 에이머라는 것을 눈치챈 건가?

그게 아니면 연관이 있다고 생각해서 어서 위로 올라오게 해 죽일 생각을 가진 걸까?

밴시는 그렇게밖에 생각이 들지 않았다.

유일한 플레우드 가문이었던 그녀의 가문, 에밋 가문까지 불태워 버린 녀석이 제 스승도 못 죽일까.

아르텔이 질 거라는 생각은 하지 않는다.

하지만 여긴 에타르의 소굴.

추측대로라면 아르텔을 계속 혼자 두는 것은 위험하다.

"밴시 학생, 만약 그런 제도를 2클래스에서 진행한다고 해도 내가 반대야. 왜? 네 말대로 2클래스에서 특별 전형으로 4클래스로 넘어간다고 치자. 네가 어떻게 4클래스에서 적응하니? 거긴 중급 마지막 단계라고!"

스파클은 진심 어린 조언을 했다.

하지만 밴시에겐 그저 소귀의 경 읽기이며, 겉치레 좋은 변명일 뿐이다.

"적응은 내가 알아서 잘할 거니까 그냥 만들기나 해 줘요."

그렇다 보니, 교수를 향한 언사도 그리 부드럽지 않았다.

"……뭐? 이게 면접을 받아 주니까 교수가 우습게 보이나?"

부드럽게 다가갔는데, 거칠게 나오자 스파클도 인자함이 사라졌다.

스파클은 벌떡 일어나, 위협용 불 원소 마법을 구현했다.

하지만 밴시는 눈 하나 깜짝하지 않았다.

그녀의 마법을 보고 어떤 수준인지 완벽히 가늠되었기 때문이다.

'쉬운 상대는 아니지만, 그렇다고 질 것 같지도 않아.'

"이렇게 하죠."

"뭘?"

"제가 교수님 상대로 이기면, 교수님 재량으로 특별 전형을 적용해서 4클래스로 바로 보내 줘요. 일개 2클래스 학생이 교수를 이기면, 충분히 자격도 있고, 4클래스에서 적응할 능력도 있다는 뜻 아닌가요?"

"하! 나 참!"

기가 찬 스파클은 헛웃음을 지었다.

"이게 예쁘다, 예쁘다 하니까…….."

"언제부터 예뻐하셨는데요? 전 못 느꼈는데."

"너 지금 나한테 도전하는 거니? 일개 학생 따위가 불 원소 대표 가문, 에드가의 마법사이자 교수인 나한테?"

"그렇다면요?"

"버릇을 아주 단단히 고쳐 놔야겠구나. 1클래스, 2클래스에서 성적이 좋다고 눈에 뵈는 게 없는 마법사들이 꼭 있기마련이지. 좋아. 내가 교장 선생님께 건의해서 네가 말한 그것들, 할 수 있게 해 주지."

밴시는 미련 없이 그 자리에서 일어나, 스파클에게 고개를 숙이며 말했다.

"감사합니다."

"이제 와서 예의 바른 척하기는. 다쳐도 난 모른다?"

"네, 걱정하지 마세요. 안 다치니까."

그리고 밴시는 교수실을 나서기 전, 스파클에게 한마디를 남겼다.

"아 참, 교수님과 저의 대련, 비공개로 하세요."

"또 무슨 수작일까?"

"만약 교수님이 지면 학생들 전부에게 알려지는 꼴인데, 그럼 교수로서의 권위가 밑바닥이 되잖아요? 교수님을 위해서 그러는 거예요."

"……뭐?"

"승인되면 알려 주세요. 안녕히 계세요."

밴시는 자기 할 말만 하고 그대로 교수실에서 나갔다.

'아르키스 님, 기다려요. 같이 에타르를 만나야 할 것 같아요.'

그녀는 기숙사로 돌아가며 속으로 간절히 말했다.

배정받은 기숙사로 돌아왔을 때였다.

"……이게 5클래스."

기숙사의 크기, 가구부터가 남다르다.

3클래스의 기숙사와는 못해도 세 배 크기.

게다가 가구도 전부 고급스러움을 한껏 뽐냈다.

장롱까지 있었는데, 안을 열어 보니 계절에 맞춰서 사용할 수 있도록 이불이 다양하게 마련되어 있었다.

심지어 욕실까지 기숙사에 개인실로 있다.

"이건 뭐, 호텔에 온 기분인데."

전생의 마법 학교에서도 이 정도까진 한 것 같지 않은데, 이렇게 좋아도 되나 싶었다.

짐을 대충 풀자, 모브로 메시지 하나가 날아들었다.

-안녕, 아르텔 학생.

누군지 확인했더니, 불 원소 담당 교사 에드 나일론이다.

–네, 안녕하세요.
–짐 다 풀었으면 교실로 올 수 있니? 헤이 학생도 온다는데.
–수업인가요?
–아니, 5클래스도 오후엔 수업이 없어서 전부 자유 시간이야. 하지만
내일 수업 시작 전에 너희에게 수업 방식을 미리 설명해 줘야 할 것 같
아서. 교감 선생님께서 너희에게 설명하라고 지시한 것도 있고.

메시지를 통해선 딱히 악의가 느껴지진 않았다.
그러고 보니, 3클래스의 담당 교사 에드 발라크는 5클래스
의 수업 방식이 다소 특이할 거라고 했다.
힘들 수도, 재미있다고 느낄 수도 있다고 하니 나도 어떻
게 흘러가는지 미리 안다고 나쁠 건 없다.
어쨌든 대련까지 없어진 5클래스.
대비는 필요했다.

–알겠습니다.

난 그렇게 답하고, 헤이와 만나 나일론이 알려 준 교실로
향했다.

─아버지! 그러니까 허락해 줘요! 내가 이 학생의 버르장 머리를 고쳐 놓을 테니까!

에타르가 교장실에서 포머와 한창 대화를 하던 도중, 느닷 없이 학교용 모브가 울렸다.

2클래스 교수인 그의 딸, 스파클에게 온 연락이었다.

그런데 어째서인지 스파클은 잔뜩 격분한 목소리로 다짜 고짜 교수 재량으로 2클래스도 특별 전형을 진행할 수 있도 록 요구하기에 이르렀다.

모브 밖으로 튀어나오는 목소리만 들어도 그녀가 목에 핏 대를 세워, 침을 튀기며 의견을 쏟아 내는 모습이 눈에 훤히 그려졌다.

"……?"

포머는 황당한 표정을 지으며 그저 지켜봤다.

스파클은 그의 동생이지만, 유년 시절부터 드라코 가문에 서 자라 왔기에 따로 만난 적은 없다.

하지만 성격이 에드 가문 마법사 중 가장 불같다는 것쯤은 익히 들어 알고 있었다.

사실 말이 좋아 불같은 거지, 정확하고도 냉정하게 말하자 면 교수란 직급에 맡지 않게 조금은 경솔하고 애 같다는 뜻 이다.

'또 무슨 일이야, 이건?'

"일단, 진정하고. 왜 이런 건의를 하는지 설명부터 해."

이미 스파클의 응석에 익숙한 에타르는 그녀를 진정시키는 법을 잘 알았다.

스파클은 밴시와의 면접에서 그녀가 보인 예의 없는 언사를 강조하며 그녀와 있었던 일을 설명했다.

그와 동시에.

포머와 에타르의 표정이 변했다.

"밴시라는 학생이 너와 직접 대련해서 이기면 보내 달라고 했다고?"

―네에! 싸가지도 정도껏 없어야지! 어디 감히 교수한테 대련을 신청해요? 1클래스에서 어땠길래!

이 정도면 거의 목이 나가도록 소리치는 수준이다.

―내가 그 학생의 버르장머리를 단단히 고칠게요! 그러니까 명분이 필요해! 허락해 줘요! 얼른!

"스파클, 버르장머리는 네가 고쳐야 하는 거 아니니? 지금 상황이 어떤 때인데, 사사로운 감정에 휘둘려서⋯⋯."

결국, 보다 못한 포머가 한마디 거들었다.

얼굴이야 본 적은 없지만 서로 연락은 몇 번 한 적이 있기에 이 정도 말은 건넬 수 있는 사이였다.

―뭐? 너 누구야? 너 루트지? 오빠라고 봐줄 줄 아냐? 지금 내가 이렇게 열 받았는데, 가족애는 들짐승들 먹이로 갖

다쳤니? 이 상황에 그 학생 편을 들어? 너 당장 내려와!

하지만 역시, 씨알도 안 먹힌다.

"하아······."

에타르는 이내 얼굴을 감싸며 마른세수를 해 댔다.

스파클을 2클래스 교수를 맡게 한 데에는 특별한 이유가 없었다.

스파클은 유독 감정 조절이 어려웠다.

보통 서클이 오르면 오를수록 제 감정을 추스르는 법을 터득하기 마련인데, 스파클은 그러지 못한다는 점.

그런 그녀를 상급 클래스 교수로 놓으면 분명 학생과 마찰이 생길 것을 염려해 상대적으로 가장 낮은, 2클래스 교수로 임명한 것이다.

사실, 2클래스 교수직도 본래 줄 생각이 없었다.

하지만 하도 떼를 쓰는 바람이 어쩔 수 없이 아버지의 마음으로 준 것이다.

스파클이 분노한 상태에서 사용하는 마법은 에드 가문의 가주, 자신조차 제대로 그 불을 끌 수가 없을 정도로, 그녀는 감정에 따른 마력의 격차가 심했기 때문이다.

실제로 언제는 한번 에드 가문 본가의 건물을 불태운 적까지 있었다.

"스파클, 진정하고. 건의는 들어줄게. 대신 너무 심하게 하지 마. 알았지?"

학교 바깥에서 일어나는 일 때문에 안 그래도 머리가 아픈데, 말괄량이 딸까지 이렇게 나오니 에타르도 머리가 터질 지경이다.

－공개든 비공개든, 그것도 내 마음이죠?

"……그래."

"야, 스파클, 너 지금 시국이 어떤 시국인데 그런 사사로운 감정에……."

－닥쳐!

"……."

지금의 스파클의 눈에는 정말 뵈는 게 없었다.

－아 참! 아버지! 그 학생, 저한테 지면 퇴학시켜도 되겠죠? 교수한테 대든 벌이니까.

포머는 말은 하지 않고, 필사적으로 고개를 저었다.

밴시를 보호하려는 게 아닌, 사적인 감정만으로 결정되는 퇴학이기 때문이다.

"……."

에타르도 포머의 눈치를 봤지만, 결국 답하고 말았다.

"……그래."

－고마워요, 아버지!

스파클은 원하는 것을 얻자, 일방적으로 모브를 끊었다.

"교장 선생님! 지금 이 시국에 그걸 냉큼 허락하시면 어떡해요!"

이제 질타의 대상은 에타르가 되었다.

"……너도 스파클의 성격 알잖아. 제 요구를 안 들어주면 2클래스 전체를 태우고도 남을 딸이야."

"아무리 그래도요!"

"근데, 밴시 학생이 특별 전형을 요구한 건 뭐 그렇다 치는데…… 조건이 조금 파격적이지 않나?"

에타르는 차분하게, 밴시가 내건 요구에 집중했다.

"……네. 그렇긴 하죠."

교수와 대련이라니.

정상적인 학생의 머리에서 나올 조건이 아니다.

"그런데 퇴학을 그렇게 허락하시면 어떡합니까? 밴시 학생도 1클래스 성적을 보아하니 꽤 유망주인데. 잘만 키우면 차세대 조각사로 활용할 수도 있었다고요."

포머의 머리엔 온통 조각사밖에 없다.

밴시도 키에나, 헤이와 더불어 차세대 조각사를 이끌 인재라고 판단한 것이다.

"나도 알지. 대신, 내가 일정이 언제인지 알아낼게. 퇴학 결정되면 그때 자네가 가서 1클래스 강등으로 끝내."

"어차피 그래도 1년 뒤엔 발각될 조작이지 않습니까?"

"……그땐 니드 교수랑 서로 교수직을 바꿔야지."

"2클래스 교수로 있는 것도 불만을 가진 녀석인데, 1클래스로 가라고 하면 냉큼 받을까요?"

"그땐 내가 나서야지."

에타르가 진심으로 화를 내면 제아무리 스파클이라고 해도 일단 꼬리를 말고 본다.

"그런데 만약 밴시 학생이 이기면 어떡하지?"

그러면서, 에타르는 은근히 밴시에게 기대를 걸었다.

"설마요."

포머는 강력하게 부인했다.

도착한 교실.

담당 교사인 에드 나일론이 우리를 기다리고 있었다.

5클래스 불 원소 교실은 3클래스와 달랐다.

칠판도 있고, 학생이 앉을 책상도 덩그러니 놓였다.

그러나 1클래스와는 또 다른 게 있다면 계단식 배치가 아니라는 거다.

단상과 책상이 서로 일직선으로 있는 평범한 교실이다.

나일론은 단상에 엉덩이를 기댄 채, 팔짱을 낀 상태로 우리를 맞았다.

'책상이 왜 두 개밖에 없지?'

난 그 부분에 집중했다.

이건 꼭 학생이 나와 헤이밖에 없다는 걸 뜻하는 것만 같았다.

"책상이 두 개라 그래?"

나일론도 내 시선을 금방 읽었다.

"네."

"눈썰미가 좋네. 맞아, 5클래스 불 원소 학생은 너희 둘밖에 없어."

"……예?"

오히려 헤이가 더 놀랐다.

난 그다지 놀란 모습도 보이지 않았다.

이유는 간단하다.

1클래스부터, 이 학교는 학생을 퇴학시키지 못해 안달인 모습.

그리고 클래스가 오를수록, 학생 총원은 자연스럽게 줄어든다.

그건 전생의 마법 학교에서도 그랬으니 절대 이상한 게 아니다.

게다가 여긴 5클래스.

고급 마법사들만 있는 곳.

학교에 입학한 학생 전부가 고급 마법사가 될 수 없으니 안 그래도 전교생이 가장 적은 에드 분교인데, 이것도 무리가 아니다.

'아무리 그래도 우리 둘만 있는 건 조금 심한데. 한 명이라

도 있을 줄 알았더니.'

"자, 일단 앉아."

하지만 나일론은 친절하게 우리에게 자리를 안내했다.

책상에 앉자, 그는 여전히 단상에 엉덩이를 기댄 채 설명하기 시작했다.

"나에 대해서는 들었니?"

"네. 3클래스 담당 선생님이었던 발라크 선생님이 말씀해 주셨어요. 발라크 선생님의 형님이시라고⋯⋯."

답은 헤이가 했다.

"하여간 그 녀석, 쓸데없는 소리를 잘해서 탈이라니까. 맞아."

나일론은 나, 헤이와 번갈아 가며 악수를 하고, 다시 단상에 자리 잡았다.

"자, 내 수업 방식에 대해 미리 설명할게. 내일부터 그렇게 할 거니까."

그의 이어질 말에 귀를 기울인 순간이다.

"내 수업은, 없어."

"⋯⋯?"

"네?"

순간 나도 잘못 들었나 싶을 정도다.

수업이 없다니?

"무슨 말씀인지 모르겠네요."

"말 그대로야. 난 수업을 진행하지 않아. 아니, 자율 수업이라고 해야 할까? 너희들의 책상 밑 서랍을 확인해 봐."

그의 지시대로 서랍을 확인하자, 몇 권의 책이 들어 있었다.

전부 5서클 수준에 맞는, 불 원소 마법의 종류와 특징을 설명한 책들이다.

"너희들에게 주는 책이야. 그 책으로 자습하면 된다. 그게 내 수업의 전부. 물론, 자습이라고 해도 꼭 교실에서 하는 게 아니야. 식당, 도서관, 기숙사 등등 너희들이 있는 곳이 곧 교실이니까 장소는 상관없어."

난 조용히 손을 들었다.

"그래, 아르텔."

"수업이 없으면 6클래스로 넘어가는 시험은 어떻게 치죠?"

"오, 좋은 질문."

나일론은 손가락을 튕기며 답했다.

"자, 학생 능력 평가도 설명해 주지. 내 학생 능력 평가는 딱 한 번. 학기가 마감되는 12월 마지막 주 금요일 오전 10시에 진행한다."

12월 마지막 주 금요일.

0클래스, 1클래스도 그때가 학기 마감일이었다.

"너희는 내가 준 책으로 자습하면서 너희만의 마법을 만들 것. 그걸 내가 보고 평가하는 거야. 단, 그 책 중에서 하나라도 중복되거나 비슷한 성질의 마법이 발견될 경우엔 불합격. 어때, 간단하지?"

"……."

확실히 고급 클래스답다.

애초에 우리가 배워 온 마법은 이미 누군가가 만든 것.

그래서 이름이 붙여져 있고, 널리 알려진 것이다.

고급 마법사는 남들이 정해 준 마법이 아닌, 자신만의 마법도 만들어야 한다.

그게 5클래스에서 6클래스로 넘어가는 조건이었던 것이다.

하지만 나에겐 1클래스나 3클래스 때처럼 신경 쓸 것 하나도 없는 쉬운 과제지만, 헤이가 문제다.

남이 알려 준 마법만 익히다가 자신만의 마법을 만드는 건 지금 헤이에게 있어서 세상을 만드는 것과 똑같은 난이도로 다가올 것이다.

슬쩍 헤이의 표정을 확인하니, 내 예상이 맞았다.

한껏 찡그린 눈가, 괜히 긁적이는 볼.

벌써부터 막막하다는 심정을 드러내는 중이다.

"그게 전부야. 궁금한 게 있어도 묻지 마. 어차피 그 책에 전부 나오니까, 그럼 학생 능력 평가 때 보자고."

설명을 마친 나일론은 그대로 교실을 떠나갔다.

"……아르텔, 그래도 괜찮겠지?"

그런데 헤이는 어느 정도 자신감을 찾은 모습이다.

설마 벌써 마법이 떠오른 건가?

"괜찮다니?"

"5년 안에 하나 정돈 만들 수 있지 않을까?"

이런……. 그건 안 되는데.

헤이가 5년 안에 하나쯤은 가능하지 않겠냐고 묻는 것은 바로 교칙 때문이다.

5년이 넘도록 다음 클래스로 가지 못하면 퇴학이니, 5년 안에만 하면 되는 것 아니냐는 아주 단순한 질문이다.

"가능하면 올해에 합격하는 게 좋지. 1클래스나 3클래스 때처럼 시험이 어려운 건 아니잖아."

순수하게 난이도로만 보자면 가장 낮은 시험이다.

누군가와 대련해서 포인트를 쌓고, 또 정해진 시간에 파란 화염의 영역을 확보하는 머리싸움이 아니니까.

그리고 결정적으로 난 5년이나 기다려 줄 여유가 없다.

에타르를 만나는 관문의 문턱에 선 상태다.

여기에서 진격이 늦춰지는 것은 절대 용납할 수 없다.

그런데 헤이를 버리고도 갈 수가 없는 게, 3클래스에서 보여 준 어둠 원소를 다루는 모습 때문이다.

"마법을 어떻게 만들어? 우린 늘 선생님이나 책에 있는 마법을 그대로 따라 하는 것만 했는데."

"그러니까 여기가 5클래스지. 5클래스부턴 고급이잖아."

이제야 3클래스에서, 발라크가 왜 힘들면 힘들고 재밌다면 재밌는 수업이라고 말했는지 알았다.

5서클부턴 자신의 영역을 만들어 갈 줄 아는 능력이 있어야만 했으니까.

나도 시험 때 무슨 마법을 선보일지 고민이 많았다.

내가 익힌 건 전부 스승님이 전수하신 것, 그것마저도 플레우드 마법들.

단일 원소 마법이라고 한들 보주화와 같은 궁극의 마법들뿐이다.

5서클 수준에 맞으며, 불 원소만 사용해야 하는 나만의 마법.

나도 조금은 막막한 심정이었다.

"선생님이 주신 이 책으로 공부해 보자. 그러다 보면 우리만의 마법을 찾을 수 있겠지."

이건 헤이에게 하는 소리다.

넌 아무것도 아는 게 없으니 책을 참고하며 너만의 영역을 구축하라는 뜻이다.

이 책 말고도 에드 가문 마법서가 있으니 참고 문헌은 방대할 정도로 많다.

"아르텔, 왜 이렇게 조급해? 어차피 5년이나 있는데."

하지만 헤이는 고집을 꺾지 않았다.

그만큼 자신이 없으니 저러는 것이리라.

하지만 이건 나도 양보할 생각이 없다.

기껏 시간 전부를 단축하면서 여기까지 왔는데, 돌아갈 여유나 이유가 어디에 있을까?

"생각해 봐. 올해 안에 할 수 있을 거야."

겉으론 격려지만, 사실상 통보의 말을 남기고 나 먼저 책을 챙겨 교실로 나왔다.

드넓은 복도.

확실히 3클래스의 복도와 비교하자면 온기가 별로 느껴지지 않는다.

5클래스 복도가 간직하고 있는 분위기는 단 하나.

쓸쓸함.

그만큼 오랜 기간, 학생의 발길이 많이 끊긴 것으로 보였다.

난 5클래스 학생들이 얼마나 있는지 확인하기 위해 5클래스 전체를 살피며 걷기 시작했다.

'불 원소가 나랑 헤이밖에 없으면 다른 과목도 크게 다르지 않을 거야.'

5클래스 총원이 어쩌면 과목이 일곱 개인데, 열 명도 되지 않을 것 같은 느낌이다.

"네, 교장 선생님께서 지시한 대로 했습니다."

나일론은 교수실에 들러, 모브를 통해 위에 있는 에타르에게 연락했다.

오늘 오전까지만 해도 데븐이라는 교수가 있던 곳이지만, 이제 주인이 없는 교수실이다.

어차피 이곳은 에드 에타르가 주인인 학교, 주인이 없어진 교수실 정도는 나일론이 마음껏 이용할 수 있었다.

-그래? 12월 마지막 주 금요일 오전 10시 맞지?

"네, 그렇습니다."

-그날 넌 본가로 내려가 있어. 내가 직접 그 학생들을 보고 평가하지.

"그래도 되겠습니까, 5클래스에도 드라코 가문의 마법사가 있는데?"

나일론이 걱정스럽게 물었다.

교수는 일단 치웠지만, 어둠 원소 담당 교사가 남아 있었기 때문이다.

어둠 원소 과목엔 현재 학생이 한 명도 없다.

그래도 담당 선생은 늘 상주해야 하니, 그 자리를 지키고 있는 교사가 있다.

"게다가 갑자기 데븐이 사라졌으니 분명 드라코 가문에도 그 소식이 들어갈 겁니다. 이렇게 되면 에드 분교가 친위대의 표적이 될 수 있는데요."

—흠, 본가는 역시 무리인가. 그래도 생각한 방법은 있지. 그럼 그날 학교에 있고, 네가 날 좀 도와야겠다.

"물론입니다."

—그리고 지금은 4월. 앞으로 8개월만 버티면 돼.

8개월이 버티기 짧은 시간은 아니다.

하지만 에타르는 혼자서 100년이나 반격을 준비하던 인물.

100년이나 혼자 움직였으니 8개월쯤은 애교로 느끼는 듯했다.

"알겠습니다."

—그래, 그럼 넌 계속 거기에서 어둠 원소 담당 교사 드라코 제브를 감시해 줘. 전면전은 시작된 거나 마찬가지니까.

"네."

—······자신 있지?

5클래스 담당 교사 드라코 제브.

5클래스라는 고급 클래스답게, 드라코 가문에서도 제법 실력 있는 마법사가 배치되었다.

만에 하나 일대일로 마주치게 되었을 때, 과연 나일론이 제압할 수 있냐는 의도를 담은 질문이었다.

"여차하면 같이 엎어지죠."

－……고맙네.

그렇게 나일론은 연락을 끊었다.

꘎

학교를 전부 돌아다닌 난 그제야 왜 5클래스부터 갑자기 기숙사의 크기가 넓어진 것인지 바로 알 수 있었다.

역시 내 예상대로 5클래스 총원은 고작 열 명.

우리를 포함해서 열 명이다.

심지어 어둠 원소 과목엔 학생이 단 한 명도 없다는 정보도 파악했다.

빛 원소 두 명.

불 원소 두 명.

소환 한 명.

물 원소 두 명

대지 원소 두 명.

바람 원소 한 명.

이게 5클래스의 총원이다.

그야말로 초라한 수치다.

'이 정도면 현재 6클래스에 남아 있는 학생이 없겠는데?'

6클래스의 등용문 5클래스부터 이 모양인데 안 봐도 뻔하다.

"아르텔!"

그러던 중, 키에나가 나를 발견하고 내게 다가왔다.

"어, 키에나. 어디 갔다 와?"

키에나도 품에 소환서를 가득 안은 모습이다.

"응, 담당 선생님이 잠깐 보자고 해서 교실로 갔더니, 이 책들을 주셨어. 그런데 소환 과목에 나밖에 없던데."

"불 원소도 나랑 헤이밖에 없었어."

"……그래? 고급 클래스라 그런 건가?"

키에나는 이 현상에 대해 크게 신경 쓰지 않았다.

"그렇겠지. 아 참, 키에나, 소환 과목은 수업을 어떻게 진행한대?"

난 일단 궁금한 걸 물었다.

불 원소는 수업이 없이 전부 자유 수업.

과연 소환 과목도 똑같은 방식으로 하는 건지 알아내기 위함이다.

만일 소환 과목도 같다면, 이는 5클래스 전체가 그렇게 움직이는 것이니까.

"내일 오전 10시에 수업을 시작한대. 3클래스랑 같지?"

"……그렇구나."

소환 과목은 다르다.

따라서 불 원소만 특이하게 진행한다는 뜻이 되었다.

"혹시 학생 능력 평가는? 그것도 설명해 줬어?"

"응, 되게 간단하던데?"

키에나가 자신 있게 답하면서, 간단하다며 자신감을 내비쳤다.

"뭔데?"

"신물 네 마리만 다루면 된대. 6클래스 땐 다섯 마리 다루면 되고. 물론, 전부 성체로."

3클래스의 담당 교사가 신물 다섯 마리가 힘들다고 했다.

그 말은, 다섯 마리 전부가 성체가 아니라는 뜻이다.

'그러니 7서클이 되기 위해 담당 교사를 하고 있었겠지.'

어쩐지 키에나에게 주어진 과제가 우리보다 상대적으로 쉽게 느껴졌다.

"아르텔 너는? 불 원소 학생 능력 평가는 어떤데?"

"우린 우리만의 마법을 만들래. 교과서에 중복되거나 비슷한 게 있으면 바로 불합격."

"그래? 그것도 재밌겠다!"

그야말로 천진난만한 답이다.

마법을 만든다는 게, 얼마나 힘든지 모르니까 죄는 아니다.

"3클래스에 비하면 쉬우니까 우리 올해에 합격해서 6클래스로 갈 수 있겠지?"

키에나는 헤이와 달리 의욕이 넘쳐 났다.

"나도 그럴 생각이야. 헤이가 자신이 없어 보이긴 하지만⋯⋯."

"아르텔 네가 옆에서 도와주면 금세 자신감을 찾을 거야! 0클래스 때도 그랬고, 1클래스 때도 그랬잖아!"

맞는 말이긴 하다.

"그런데 키에나, 어디 가는 중이야?"

"응! 남은 시간은 자유 시간이니까, 수련장에 가려고."

"수련장……?"

"가서 신물 한 마리 소환하는 거 연습해야지. 되게 마음에 드는 신물을 찾았어! 이거 봐!"

신물 얘기가 나오자 한껏 흥분한 키에나는 담당 교사에게 받은 책을 펼쳤다.

"……라이칸스로프?"

"응! 멋있지 않아? 키도 커서 얘 타고 다니면 되게 재밌을 것 같아!"

"……."

하필 그녀의 마음을 뺏은 신물이 라이칸스로프라니.

줄여서 라이칸이라고 부른다.

본래 라이칸스로프는 늑대 인간을 말하지만, 신물의 라이칸스로프는 조금 다르다.

사람처럼 두 발로 서서 다닌다.

그래서 인간 같다고 하여 라이칸스로프라고 부르는 것이다.

키는 작게는 3m, 크게는 10m까지.

전부 소환사의 역량에 따라 결정된다.

그리고 나는 별로 좋아하지 않는…… 아니, 극도로 꺼리는 신물이다.

450년 전, 보름달 전투에서 키 15m짜리 라이칸을 수십 마리 소환한 사일러드 때문에 고전한 기억이 있어서다.

'심지어 3클래스에서도 검은 늑대를 소환했으면서.'

우연의 일치가 아니다.

키에나는 잠재되어 있는 정체 모를 능력의 영향으로 라이칸에 깊은 관심을 보이는 것이리라.

"아르텔도 같이 갈래? 어차피 마법을 만드는 거면, 지금부터 연습해도 좋잖아."

"난 됐어. 기숙사에서 생각이나 하고 있을래. 키에나 네가 헤이를 데리고 가는 건 어때?"

"음, 그게 좋을 것 같다!"

키에나는 그렇게 헤이에게 연락하며 어서 수련장으로 오라고 재촉했다.

"……"

난 그저 키에나의 뒷모습만 주시했다.

그새 내 눈에 색안경이라도 썼을 걸까?

이상하게 뒷모습에서 사일러드의 모습이 엿보이는 것 같기도 했다.

저녁 시간이 되자 우리 셋은 5클래스 식당에 모였다.

"허억⋯⋯."

"이건⋯⋯ 가문의 식당 같잖아?"

역시 고급 클래스 5클래스다웠다.

음식의 가짓수는 더욱 많고, 3클래스에는 없던 음식까지 있었다.

심지어 다과의 종류도 많았으며 커피, 차, 술까지, 필요한 모든 것이 식당 전체에 마련되어 있었다.

저녁 시간에 맞춰 이제 슬슬 기존에 있던 5클래스 학생들의 모습이 보이기 시작했다.

"⋯⋯우와, 예쁘다."

헤이가 어느 학생을 보고 입을 다물지 못했다.

나도 확인하니, 확실히 시선을 전부 빼앗는 미모를 자랑했다.

회색의 머리카락, 단발, 눈동자까지 점점 회색으로 물들어 가는 중이다.

키도 제법 컸으며, 교복을 따로 수선이라도 했는지 몸매가 훤히 드러나도록 입고 있었다.

그리고 제법 성숙한 모습이다.

확실히 여긴 5클래스.

0클래스부터 시작해서, 5년을 꽉 채워서 도착했다면 25년이 걸리는 곳이다.

그만큼 학생들 전부가 어른스러웠고, 우리처럼 꼬마의 모습을 한 학생은 없었다.

"진짜 예쁘다……."

키에나 역시 같은 여자의 눈으로 봐도 예쁘다는 것을 인정했다.

그 뒤로도 건장한 청년의 남학생들이 들어섰는데, 이젠 키에나가 그 학생들을 보고 시선을 떼지 못했다.

"우와……."

얼굴에 가서 말이라도 걸고 싶다고 적혀 있었다.

그렇게 열 명의 학생들이 모인 식당.

그런데 분위기가 삭막했다.

학생들은 서로 멀찍이 떨어져서 밥을 먹었고, 같은 색을 가진 학생들끼리도 어떠한 대화도 하지 않았다.

꼭 서로를 유령 취급하는 것처럼 보였다.

"다들…… 왜 그러지?"

이 숨 막히는 정적을 깨고 싶었는지, 헤이가 우리에게 물었다.

난 저 학생들이 왜 저런 분위기를 유지하는지 알고 있다.

고급 단계에 들어선 마법사들이 흔히 보이는 현상이다.

늘 책만 달고 사니, 대화하는 것보다 글을 읽는 게 더 익숙해진 거다.

'너희 둘도 곧 저렇게 될 거다.'

�֍

저녁 식사를 별탈 없이 이어 가던 중, 헤이가 내게 말했다.

"아르텔, 아까 짜증 내서 미안해."

너무 뜬금없는 사과.

사실 뭘 짜증 내서 미안하다는 건지도 모르겠다.

"뭐가?"

"왜 이렇게 조급해하냐고 한 거, 사과할게."

"아, 그거. 그런데 갑자기 왜? 꼭 뭔가 자신감을 찾은 것 같은데."

"응, 키에나랑 수련장에서 책을 읽으면서 할 수 있을 것 같은 기분이 들었거든."

"그래? 뭔가 생각나는 게 있어?"

"당장은 없는데, 이제부터 찾으려고. 8개월이나 남았으니까 충분한 시간 아니야?"

키에나에게 잠시 맡기길 잘했다.

솔직히 여기까지 예상하고 맡긴 건 아니지만.

어쨌든 자신감을 찾았으니, 올해를 끝으로 6클래스로 넘어갈 수 있는 희망의 불씨가 지펴진 것이다.

식사는 그렇게 끝내고, 먹은 식기를 지정된 곳에 반납한 순간이었다.

내 앞에 하얀 장발을 가진 여학생이 길을 막아섰다.

키가 나보다 조금 더 커서 내가 살짝 시선을 위로 올려야만 눈을 쳐다볼 수 있었다.

"안녕?"

순간, 내게 인사하는 게 맞는 건가 싶어서 주위를 둘러보면서 확인했다.

"너한테 하는 거 맞는데?"

"나?"

"응, 너."

갑작스러운 학생의 인사.

아니, 생각해 보면 이미 1클래스에서도 이런 상황은 겪은 적이 있지.

도서관에서 나 혼자 있을 때, 밴시가 다가왔으니까.

난 여학생의 인상착의를 다시 제대로 살폈다.

아까 헤이가 예쁘다고 말한 바람 원소 과목의 학생처럼, 이 학생도 한 미모 하는 학생이다.

그저 둘이 다른 게 있다면 이 학생은 장발이고, 교복이 몸이 딱 붙진 않는다는 차이다.

그래도 인형 같은 외모인 것은 틀림없는 사실이다.

헤이는 그런 내가 부러웠는지, 약간 질투를 담은 시선으로 날 쳐다봤다.

"왜?"

"너 더블 캐스터라고 들었는데, 맞지? 머리카락 보니까 맞는 것 같은데."

"그런데?"

"불과 어둠이고."

"보면 몰라?"

"되게 까칠하네. 원래 불 원소 학생들은 친절했는데. 어둠 원소도 섞여 있어서 그런가?"

이게 무슨 호구 조사도 아니고.

갑자기 여기에서 면접 같은 분위기를 내는 의도를 모르겠다.

"내 이름은 레이나. 빛 원소샤."

그녀는 친절하게 답하며 내게 악수를 청했다.

"난 아르텔."

"그렇구나. 아르텔, 부탁 하나 해도 될까?"

"뭔데."

"내가 빛 원소 마법 하나를 연구했는데, 어둠 원소 상대로 어떤지 알고 싶어서. 5클래스엔 어둠 원소 학생이 아무도 없었거든. 그런데 마침 네가 더블 캐스터라네?"

친절함의 이유가 그저 자신의 실험 대상으로 삼고 싶었던 것이었다.

"머리카락 색이나 눈동자 색을 보면 내 수준이랑은 안 맞는 것 같은데 아쉬운 대로 너한테 부탁해야지 어떡하겠어. 안 그래?"

이 요망한 학생 보게?

친절한 척하면서, 은근히 사람 먹이는 구석이 있다.

'알프릭도 이러다 나한테 혼났는데.'

빛 원소의 고질적인 문제다.

0클래스부턴 러쉘이 그랬고.

세상에서 자신이 제일 잘난 줄 안다는 게 문제다.

레이나는 지금 내 머리카락의 색만 보고 동화율이 낮을 것이라고 예상한 거다.

"오히려 네가 내 수준에 안 맞을 것 같은데."

"오, 그래?"

이것도 진심으로 말하는 게 아니라, 비아냥거리는 거다.

"그렇게 궁금하면 마법으로 말해 보든가. 마법사는 마법으로 말한다고 하잖아."

"좋아! 같이 대련장이나 가자."

내게도 좋은 기회다.

아무래도 소환사를 제외한 원소사의 학생 능력 평가는 자신만의 마법을 만드는 것으로 보였다.

5클래스의 평균 수준을 가늠할 수 있으니, 거절할 이유가 없다.

어차피 5클래스부턴 포인트도 없고, 대련장도 없으니 부담이 있는 것도 아니다.

그렇게 레이나를 따라 대련장으로 향하려고 할 때였다.

"레이나, 나도 가서 구경해도 되지?"

하얀 머리카락을 가진 남학생이 물었다.

'빛 원소가 두 명이었지.'

"응, 물론이지."

레이나는 내 의사는 묻지 않고 멋대로 판단했다.

"레이나! 나는? 나도 구경해도 될까?"

이번엔 전혀 상관도 없는 대지 원소의 남학생이다.

"보고 싶은 사람은 전부 와서 구경해. 그렇지? 상관없지, 아르텔?"

'네가 멋대로 다 허락해 놓고 뭐 이제 와서 배려하는 척이야.'

동화도 꽤 높은 수준으로 된 만큼, 자꾸 알프릭이 떠올랐다.

"상관없지."

5클래스의 대련장은 조금 달랐다.

일단, 넓은 대련장 안엔 일정한 간격으로, 직사각형 모양의 마법진이 있었다.

레이나가 마법진 앞에 서자, 각 원소를 나타내는 구체가 떠올랐다.

나도 처음 보는 광경이다.

"어둠 원소로 선택할게. 상성인 상태에서 어떤 위력을 내는지 알아봐야 하니까."

그리고 그녀가 어둠 원소 구체를 톡 건들자, 직사각형 마법진이 변동하면서 어둠 우대 대련장을 만들었다.

'3클래스에선 포털이지만, 여긴 이렇게 선택하는 방식이구나.'

클래스가 오를수록 신기한 것들이 많았다.

'실용적인가?'라는 질문을 한다면 내 답은 '글쎄'지만.

우리가 선 직사각형 마법진에 어둠이 깔리자 레이나가 안으로 들어갔다.

나도 따라서 들어가자 레이나는 나와 일정한 거리를 두고 섰다.

"그런데 너 어둠 원소를 어느 정도까지 구현할 수 있어? 수준이 어느 정도는 맞아야 하니까."

"뭐…… 이런 거?"

일부러 다크 스페이스를 레이나에게 구현했다.

탭 테이킹까지 이용한 다크 스페이스다.

"에이, 이런 거 말고."

번쩍!

하지만 레이나는 아주 간단하게 내 다크 스페이스를 사라지게 만들었다.

'음, 기본기는 꽤 갖춘 것 같은데.'

나도 준비운동 수준으로 구현해 본 마법이라 딱히 놀랍진 않았다.

"공격형 마법 말이야. 나한테 한번 공격해 볼래? 3클래스에서 넘어왔으면 탭 테이킹 수준도 어느 정도는 될 거 아냐."

"이런 거?"

이번엔 웨이브다.

진심을 담은 웨이브.

웨이브는 레이나의 몸을 쳐, 몇 미터 밖으로 밀어 냈다.

"……."

잠시 당황한 표정을 짓더니 레이나는 고개를 저었다.

"3서클 수준이잖아. 5서클 수준의 마법. 뭐 없어?"

'서클에 연연하는 학생이었네.'

무조건 높은 서클의 마법이 강력할 거라고 믿는 유형이다.

"3서클 수준에 몸이 밀려 난 넌? 내가 보기엔 넌 3클래스에서 수업을 다시 받아야 할 것 같은데."

"……."

이럴 땐 자존심을 조금 긁어 주는 게 상책이지.

역시, 효과는 빨랐다.

"뭐, 좋아. 대신 다쳐도 나 원망하지 마라."

아무렴 내가 너한테 다칠 이유가 있겠냐.

난 어서 네가 개발한 마법을 꺼내 보라는 손짓을 보였다.

레이나가 가슴을 활짝 펴자, 그녀의 가슴 앞으로 밝은 빛이 모이기 시작했다.

결집하기 시작하는 빛들.

빛은 이내 구체로 변했고, 원하는 만큼 모았는지 레이나는 두 손바닥으로 구체를 밀어 내듯 쳤다.

그러자 일직선으로 빛의 광선이 내게 빠른 속도로 날아들었다.

난 곧장 웨이브로 레이나가 구현한 마법을 막았다.

서로 중간에서 충돌하는 두 마법.

줄다리기를 하는 것처럼, 레이나의 광선과 내 웨이브는 이리저리 요동치다가 끝내 폭발하며 사라졌다.

"음, 좋아!"

혼자 만족하는 표정을 지으며 그녀가 의기양양하게 물었다.

"이 정도면 꽤 대단하지 않아? 어둠 원소 우대 대련장에서도 이 정도 위력을 냈잖아."

글쎄, 내가 보기엔 아닌 것 같은데.

우리의 마법 합이 한번 끝나고 나자, 구경하던 학생들은 일제히 '오오!'를 남발했다.

'이게 그렇게 놀랄 일인가.'

"레이나라고 했지?"

"응. 내가 개발한 마법, 꽤 괜찮지?"

내 귀에 거슬리는 건, 이 학생이 아까부터 자신이 '개발'했다고 하는 거다.

"이건 개발한 게 아니라 베낀 마법 아니야?"

"……뭐?"

레이나의 표정에 당혹스러움이 어리기 시작했다.

자신도 이런 마법이 존재한다는 걸 이미 알고 있다는 뜻이었다.

"이거 브레스잖아. 모든 원소가 가진 마법. 이렇게."

이번엔 내가 볼 원소를 이용해 방금 레이나가 했던 것처럼 똑같은 마법을 보였다.

"…….."

브레스는 6서클 수준의 마법이다.

5서클인 이 학생이 어찌어찌해서 한 단계 높은 수준의 마법을 알아낸 거고, 그걸 마치 자신이 개발한 것처럼 모두에게 사기를 치려는 연극을 보인 것이다.

"이런 건 개발했다고 하는 게 아니라, 베꼈다고 말하는 거지. 난 또 뭔가 특별할 줄 알았더니."

5클래스부턴 뭔가 조금 다를 줄 알았다.

진심으로.

하지만 나와 마주한 레이나를 보니, 다른 게 없었다.

그저 6클래스로 넘어가기 위해 이런 알량한 사기나 치고 있는 꼴이라니.

잠깐이라도 기대한 내가 허탈할 정도다.

"……."

레이나는 할 말을 잃고 그저 표정을 굳히며 나를 노려보기만 했다.

여기에서 '네가 그 마법을 어떻게 알아!'라는 말이라도 했다간 자신이 사기 친 걸 인정하는 꼴이니 최대한 그 말을 아끼는 것으로 보였다.

"너…… 몰래 내가 연습하는 거 훔쳐봤지?"

세상에.

이젠 오리발이라니.

정말 자신이 개발했다고 굳게 믿는 모양이다.

"에휴, 오늘 5클래스로 왔는데 내가 훔쳐볼 시간이 어디에 있냐, 이 멍청아."

상대할 의지를 잃은 나는 그대로 등을 돌려 대련장에서 나왔다.

레이나는 주변 시선을 의식했는지 황급히 도망치듯이, 나를 추월하며 뛰쳐나갔다.

그렇게 5클래스의 첫날은 조금 우스운 해프닝과 함께 저

물었다.

✿

　밑의 세계의 선술집.
　레지는 여느 때와 같이, 슬슬 밤이 찾아오자 선술집을 청
소하던 중이었다.
　"레지."
　"네, 사장님."
　바이스도 이제 막 일어났는지 눈을 비비며 선술집으로 일
어났다.
　"네가 내 밑에서 수업받은 지 얼마나 지났지?"
　"뭐, 이제 1년 반 정도죠."
　"하나 확인하고 싶은 게 있으니까 지하실로 내려와. 당분
간 장사 접는다."
　"……예? 왜요?"
　"뭐 어차피 손님 하나 없는 곳인데 장사 조금 접는 게 대
수야? 잔말 말고 빨리 내려와."
　바이스는 그렇게 먼저 지하실로 내려갔다.
　레지도 황급히 청소 도구들을 정리하고 따라 내려갔다.
　"확인하자. 임무에 투입될 수 있는 수준인지, 아닌지."
　"……임무요? 드디어 조각사로서 정식 임무에 투입되는

겁니까?"

레지는 기뻐하며 되물었다.

"설레발치지 마. 이 테스트를 통과해야 투입이 결정되니까."

답한 바이스는 품 안에서 물약 하나를 꺼내, 뚜껑을 열었다.

"흐음, 이건 가능하면 쓰지 말아야 하는 건데. 후유증이 심하거든."

그렇게 말하며 그는 물약을 전부 밀어 넣고, 한숨을 쉬었다.

"자, 테스트 시작이다. 정신 똑바로 차려."

바이스 곧장 정신을 집중하며 지하실 한가운데에 거대한 하얀 구체를 만들기 시작했다.

처음엔 작은 돌멩이였던 하얀 구체는 이내 풍선처럼 크기가 점점 부풀더니, 달이 눈앞에 뜬 것만 같은 크기가 되었다.

"……가주님, 이 마법이 도대체 뭡니까?"

레지는 살면서 단 한 번도 본 적이 없는 마법이다.

보는 것만으로도 전의를 상실하게 만들 정도의 강력한 마법.

아니, 바이스가 이 정도를 할 수 있던 마법사인가?

이게 가주들의 평균 능력인가?

이런 의문이 절로 나왔다.

"보주화라는 거야."

레지의 떨리는 모험

"보주화……요?"

그 명칭도 생소한 마법이다.

"그래, 지금 내가 구현하고 있는 이 마법은 플레우드 보주화. 효과는…… 말로 설명하는 것보다 직접 느끼는 게 좋겠지. 네가 할 수 있는 최대한의 마법을 구현해 봐."

레지는 곧장 마법 구현에 들어갔다.

최근 들어서, 불을 넘어 용암까지 구현하고 다룰 수 있게 된 그다.

그만큼 자신감이 붙은 상태니 이 정도는 우습다고 생각하던 때였다.

"……어?"

그런데 마법이 구현되질 않는다.

아니, 정확히는 자신이 마나를 사용하고 있지만, 마법이 형체라도 잃은 듯 투명하게 변한 것만 같았다.

"보주화는 각 원소가 가진 성질을 극대화하며 형상화하는 것. 플레우드의 보주화의 영향으로 플레우드를 제외한 다른 원소 마법을 구현할 수 없지. 지금 너처럼."

"그런 무슨 사기적인 마법이 다 있습니까!"

"9서클 수준의 마법이야. 우리가 앞으로 상대할 적들의 수준이라고. 물론, 그들은 플레우드가 아니지만⋯⋯."

바이스는 설명을 하면서 점점 힘이 드는지, 이마에 땀이 잔뜩 맺히기 시작했다.

"잠깐, 가주님! 원래 6서클이라면서요! 그런데 어떻게 9서클 마법인 보주화를 구현합니까?"

"내가 마신 물약이 일시적으로 마력을 증폭시키는 거였거든. 그래서 내가 마시기 꺼렸던 거야. 마시고 나면 최소 일주일은 의식불명이거든."

"⋯⋯."

"아무튼, 이제 2분 남았다. 2분 안에 네가 작은 불씨라도 구현하면 테스트는 통과. 이제 말하기도 힘드니까 빨리해!"

"⋯⋯네, 네!"

레지는 바이스의 말을 절대적으로 따르는 마법사다.

그래서 온갖 힘을 쥐어짜며 마법 구현을 시도했지만, 불씨는

커녕 자신의 마나가 저 보주화에 빨려 들어가는 것만 같았다.

그렇게 1분이 넘어 2분까지.

결국, 레지는 제한 시간이 다 되도록 불씨를 만들어 내지 못했다.

털썩!

제한 시간이 끝나자마자 바이스의 보주화는 사라지고, 바이스는 그 자리에서 쓰러졌다.

"가주님!"

"하아…… 하아…… 테스트……."

바이스는 몸까지 격하게 떨었다.

"통……과……."

그는 희미해지는 의식 속에, 통과라는 말을 내뱉고 엄지를 치켜세우려 했다.

"그게 무슨 소리입니까! 불씨도 구현 못 했는데!"

"일주일…… 뒤에 설명하……."

바이스는 끝내 하고픈 말을 마무리 짓지 못하고, 그대로 눈을 감았다.

그 모습만 보면 목숨이라도 잃은 것 같다.

❧

일주일 뒤.

바이스는 의식을 되찾고 깨어났다.

"끄으윽……."

마력 증강 물약의 후유증이 아직도 사라지지 않아 머릿속에서 누군가가 망치질을 하는 것처럼 느껴졌다.

레지는 그가 깨어난 것을 확인하고 다급하게 그의 몸을 안으며 물었다.

"가주님! 괜찮으세요!"

"물이나…… 가져와. 머리 아파 죽겠으니까……."

레지가 가져온 물을 들이켜고 나서야 두통이 조금 진정된 바이스는 상체를 일으킬 수 있었다.

"정말 지옥을 갔다 온 기분이라니까. 이래서 저 약은 마시기가 싫어."

지하실 구석에 있는, 일주일 전에 마신 물약병을 보며 말했다.

바이스에게 있어선 보기만 해도 등골이 오싹한 죽음의 물약과 같은 것이다.

6서클인 그가 9서클 마법 보주화를 할 수 있게 만드는 대단한 위력이지만, 그만큼 대가도 혹독했다.

"아무튼. 내가 쓰러지기 전에 무슨 말을 했었지?"

"'일주일…… 뒤에 설명하…….'라고 말하다가 픽 쓰러지셨죠."

레지는 당시 바이스의 말투를 흉내 내며 답했다.

그 말을 들은 바이스는 그제야 당시의 상황을 떠올릴 수 있었다.

"아, 내가 통과했다고 했지?"

"네. 제가 불씨도 구현 못 했는데 통과라고 하셔서……."

"구현 못 하는 게 당연하니까. 플레우드 보주화가 떠 있는데 원소사가 무슨 수로 마법을 구현하나? 아르키스 님이 살아 돌아오셔도 그건 불가능하다."

"그럼 왜 그런 테스트를……."

"뭐, 뻔하지. 포기하는지 끝까지 노력하는지를 보려고 한 거지. 목숨을 건 싸움인데, 중간에 포기하는 놈을 내보낼 수 있나? 포로로 잡혀서 우리 다 죽게 만들게?"

"……."

"아무튼, 테스트도 통과했으니 너한테 임무 하나를 내리겠다."

"네!"

드디어 정식으로 조각사로서 첫 임무에 나서는 날이다.

레지는 무슨 임무가 주어질지 걱정하는 것보다, 어떤 임무건 완벽하게 해내겠다는 자신감에 차 있었다.

"노힐 가문 알지?"

"네, 불 원소 구성 가문요."

"거길 쑥대밭으로 만들어. 가문 본가를 파괴하라고."

"……네?"

순간 레지는 귀를 의심했다.

"뭘 놀라? 노힐 가문 여기에서 가까워. 가서 쑥대밭으로 만들라고."

"그 말씀은…… 노힐 가문을 공격하라는 것처럼 들리는데 요?"

"귀는 멀쩡하네."

"……저 6서클인데요. 아!"

레지는 손가락을 튕기며 되물었다.

"가주님이랑 같이 가는 거구나? 그렇죠?"

"……."

하지만 바이스는 그저 한심한 눈빛으로 레지를 쳐다봤다.

"……설마 저 혼자요?"

"응."

"거기 가주, 7서클 아닙니까……? 전 6서클이잖아요."

"서클이 뭐가 중요해? 싸우는 법을 아느냐, 모르느냐의 차이지 노힐 가문은 불 원소 가문 중에 가장 약해. 네 선에서 정리 가능할 거라고."

"아니, 그런데 왜 갑자기 멀쩡한 노힐 가문을 공격하라는 겁니까?"

"에휴…… 궁금증이 쓸데없이 많아서는 원."

어쩔 수 없이, 바이스는 노힐 가문을 공격해야 하는 이유를 설명했다.

"내가 전에 드라코 타일런트 그놈이 학생들에게서 영혼을 빼내 재료로 삼는다고 했잖아."

"네!"

"그러기 위해선 물약이 필요하고, 그 물약을 제조하기 위해선 특별한 약초가 필요하지. 그런데 노힐 가문이 바로 그 약초를 드라코 가문에게 조공하는 가문이야."

"……예?"

이건 레지도 몰랐던 사실이었다.

"약 1년 반 전, 운이 좋게도 노힐 가문에서 의문의 폭발 사고가 있었어. 그 덕분에 그 약초밭이 사라졌지만, 다시 부활시켰다는 정보를 입수했다."

"그럼…… 그 약초밭만 없애면 되는 거 아닙니까?"

빡!

답답함에 바이스는 레지의 뒤통수를 세게 쳤다.

"악! 왜 또 때려요!"

"이 머저리야! 낯선 놈이 제집 앞마당에 쳐들어와서 약초밭을 없애려 하는데, '어서 오십시오~.' 하면서 환영하겠냐? 전면전이 불가피하지."

"……그러다 노힐 가문 가주가 나오면요?"

"무조건 나와. 안 나오는 게 이상하지."

"저 혼자 가주를 상대하라고요?"

"응, 넌 할 수 있어. 결정적으로, 노힐 가문 가주는 아직 용암을 너처럼 다루는 수준이 아니야."

이번에도 귀를 의심했다.

아무리 구성 가문이라고 한들 한 가문의 가주인데 자신도 할 수 있는 걸 못 한다?

그게 과연 가주로서 자격이 있는 건가 싶었다.

"못 믿는 눈치네? 노힐 가문의 가주, 노힐 지크가 가문을 세웠을 때가 몇 서클이었는지 알아?"

"모르죠, 저는."

"고작 6서클이었어. 단일 원소에서 6서클에 가주 허가가 나오는 게 말이나 돼?"

6서클이면 자신과 똑같은 서클에 가문을 세웠다는 것이다.

보통 가주 허가는 7서클부터 심사에 들어가는 것으로 아는데, 지극히 비정상적인 현상이다.

"그 비결이 바로 약초를 조공하는 거였다고. 원래 야생에서만 자라는 약초를 전부 캐다 바치면서 편법으로 세운 가문이야. 우리가 상대할 가문 중 최약체라고."

"......."

"이제 알겠어? 순수 마력으로만 붙으면 네가 질 리가 없으니까 널 보내지. 아무렴 너 죽으라고 내가 막 보내겠냐? 어떻게 키운 놈인데."

바이스의 말은 거칠지만, 그 속에 진심 어린 걱정이 있다는 것을 레지도 안다.

그 덕분인지 슬슬 자신감이 고개를 들기 시작했다.

"보험은 빵빵하게 들어 놓을 거야. 자, 이거 받아."

이제 바이스는 물약병 하나를 건넸다.

바이스가 마셨던 물약과는 다르다.

안에는 파란 액체가 들어 있었다.

"이게 뭡니까……?"

"일시적으로 더블 캐스터로 만드는 물약. 우린 그걸 초월수라고 부르지. 네가 그걸 마시면 물 원소도 다룰 수 있게 돼. 여차하면 마시라고."

노힐 가문은 불 원소의 구성 가문.

물 원소까지 다룰 수 있게 된다면, 상성으로 레지가 크게 앞서게 된다.

"하지만 명심할 건 그건 최후의 방편이야. 도저히 이길 수 없다고 생각될 때 마시라고. 알았어? 네가 물과 불 더블 캐스터가 되는 시간은 고작 10분. 10분 안에 상대를 제압하고, 노힐 가문에서 최대한 벗어나야 해."

"10분이 지나면…… 어떻게 됩니까?"

"지난 일주일 동안의 나처럼 되겠지."

후유증으로 쓰러지게 된다는 뜻이다.

"에드 에타르 님께서도 관심 깊게 보는 작전이니까, 꼭 성공해서 돌아와라. 가능하면 그걸 안 마셨으면 좋겠지만."

바이스는 레지의 어깨를 토닥이며 말했다.

"……가주님."

"얼른 가. 노힐 가문 위치는 알지?"

한참이나 고민하던 레지는 바이스에게 다시 뒤통수 한 대를 얻어맞고서야 마음을 확실히 정할 수 있었다.

"너에게 첫 번째 조각을 회수하라는 정식 명령이다. 빨리 출동."

"출……동!"

레지는 바이스에게 받은 초월수를 품에 꼭 안고, 노힐 가문을 향해 출발했다.

"포머."

"네, 교장 선생님."

"오늘 두 가지 일이 있어. 하난 2클래스에서 스파클이 밴시를 상대로 비공개 특별 전형 면접을 보는 날이고, 또 하난……."

"저도 이미 들었습니다. 레지 선생이 노힐 가문을 부수러 간다면서요?"

"……응."

"걱정 많으시겠습니다."

"그렇지……. 걱정 많지……. 너를 어디로 보내야 할지 모르겠으니까."

"네?"

예상외의 답이 나와서 포머는 조금 당혹스러워졌다.

오늘은 특별 전형 결과를 걸고 밴시와 스파클의 대련이 있는 날.

예상대로라면 밴시가 퇴학하는 날이기도 하다.

그러니 그녀를 중간에서 낚아채 1클래스로 잠시 빼돌려야 하는데, 단독 작전을 맡은 레지도 불안했다.

하지만 움직일 수 있는 사람은 포머뿐.

에타르는 포머를 어디에 배치해야 할지 아무런 확신이 들지 않았다.

"음, 제가 레지 쪽에 붙겠습니다."

하지만 포머는 비교적 간단하게 답을 내놨다.

"왜?"

"생명에 중점을 두면 답은 의외로 간단해서요. 밴시 학생은…… 퇴학당해도 나중에 다시 불러올 수 있지만."

반대로 레지는 이번 작전이 실패하게 되면 영영 다시는 불러올 수 없는 곳으로 가 버리기 때문이다.

"……내가 너무 나만 생각했군."

포머의 말대로, 생명에 중점을 두면 정말 간단하게 답이 나왔다.

밴시라는 차세대 조각사 일원에 욕심을 내다 보니 쓸데없는 걱정을 한 것이었다.

"그럼, 지금 가면 될까요?"

"응, 뒤를 잘 봐줘. 정말 여차하면 나서고."

"걱정 마십시오. 이 물약, 오랜만에 마시네요."

포머는 품 안에서 물약 하나를 꺼냈다.

예전에 바이스가 건네준, 외형을 바꾸는 물약이다.

그가 밑의 세계에서 조각사로 활동할 때만 마시는 물약이기에 실로 오래간만에 들이켜는 순간이다.

물약을 전부 들이켠 포머는 순식간에 배가 불어났고, 팔뚝도 세 배 가까이 불어났다.

"늘 그렇지만, 정말 이 모습은 적응이 되질 않습니다."

목소리도 완벽하게 바뀌었다.

"여기."

에타르는 그에게 검은 뿔테 안경을 건넸다.

"다녀오겠습니다, 교장 선생님."

"후우……."

노힐 가문 본가가 가까워지자 레지는 떨리는 심장을 진정시키기 위해 심호흡을 길게 내뱉었다.

여기까지 오는 데 큰 제약은 없었다.

마법사의 거리와 검사의 거리가 나뉘어 있다고 한들, 유일하게 두 거리를 자유롭게 오갈 수 있는 게 바로 평민.

레지의 지금 모습은 영락없는 젊은 평민이기에 아무런 의심 없이 잠입할 수 있었다.

그렇게 심호흡을 다섯 번쯤 반복한 뒤에야 쿵쾅거리며 뛰던 심장이 차분해지기 시작했다.

그리고 마음의 준비를 마친 레지는 노힐 가문의 본가, 정문으로 다가갔다.

"어떻게 오셨습니까?"

문지기가 그를 보고 물었다.

레지는 문지기의 인상착의를 살폈다.

'마법사가 아니다. 따라서 공격 대상에서 제외.'

바이스가 철저하게 당부한 것은 오직 마법사하고만 싸우는 것.

가문엔 아무런 죄 없이 그저 생계를 위해 일하는 평민들도 많이 존재하니, 그들에게 절대 상해를 입히지 말라는 당부였다.

"비키슈."

그렇다고 문지기를 따돌릴 방법도 없다.

레지는 그의 몸을 밀치고 정문을 향해 뚜벅뚜벅 걸었다.

"누구냐니까! 너! 가주님 보러 온 거 아니지? 어디서 돼지 같은 놈이 굴러들어 와선! 여기가 어딘지 알고 그래?"

순간 돼지 같은 놈이라는 단어에 울컥했지만, 겨우 참았다.

레지는 끝까지 문지기를 무시하고 드디어 정문 앞에 도착했다.

단단하게 레지의 길을 막는 철문을 향해 손바닥을 가져다 댔고, 즉시 마법을 구현했다.

본래 철은 불이 붙지 않지만, 레지가 구현한 강력한 마법이 철문 전체에 붙어 짧은 시간에 전부 녹아내렸다.

"히익!"

상대가 마법사라는 걸 안 순간, 문지기는 겁에 질리며 레지에게서 황급히 떨어졌다.

문지기는 그대로 부리나케 레지를 추월해 어딘가로 도망쳤다.

'이제 적들이 온다.'

저 문지기가 안으로 들어가면, 이곳의 적, 노힐 가문의 가주 지크가 올 것을 예상하며 레지는 뛰어서 정원으로 향했다.

"허억…… 허억……!"

'미치겠네! 몸이 너무 무거워!'

그러나 문제가 존재했다.

레지는 본래 날렵했던 몸을 잃고, 바이스가 준 약물로 인해 뚱뚱한 추남으로 변한 상태.

이 무거운 몸을 가지고 이렇게 뛴 적이 없어서 숨이 금방 차오르고, 출렁거리는 뱃살 때문에 배가 아플 지경이다.

그래도 포기하지 않고 끝까지 달려 겨우 정원에 도착했을 때였다.

"어떤 놈이냐?"

등 뒤에서 들린 목소리.

레지가 등을 돌리자, 노힐 가문의 가주, 지크가 서 있었다.

"감히 내 소중한 약초밭에……. 너 설마 조각사냐? 들은 적 있다. 보름달을 음해하는 세력이 있는데, 그 이름이 조각사라고. 그중 하나가 너구나?"

이상하게 긴장은 되지만…….

'무섭지 않아.'

그간 에밋 가문의 가주, 바이스의 밑에서 수업을 들은 영향이 컸던 것일까?

0클래스 교사일 땐 그저 가주라고 하면 한없이 드높고 절대 마주할 수 없을 것 같던 포스를 내뿜을 거라고 생각했는데, 실상 마주하니 그런 위압감이 전혀 들지 않았다.

게다가 지크는 이미 조각사의 존재를 알고 있었다.

드라코 가문에 붙어먹어 부귀영화를 꾀하는 얄팍한 가문이니, 드라코 가문의 적이 누군지도 미리 알아냈을 거라 예상했다.

"어, 그런데?"

레지는 당당하게 그와 맞섰다.

"어디서 듣도 보도 못한 쥐새끼가 감히……!"

화르르륵-!

한껏 분노한 지크는 살벌한 불길을 펼쳤다.

'가주님의 불에 비하면 따뜻한 수준이야.'

그의 마법을 보고 레지는 더욱 자신감이 붙었다.

이에 레지도 굴하지 않고, 똑같이 마법으로 맞섰다.

첨벙!

"……?"

레지가 구현한 것은 불보다 위에 있는 용암.

레지의 주위엔 용암이 실타래처럼 튀었다.

"이 약초밭, 내가 접수한다."

"흐음, 걱정과 달리 잘하고 있는 것 같은데?"

한편, 포머는 노힐 가문과 멀찍이 떨어져 상황을 주시했다.

눈으로 볼 수 있을 정도로 가까운 거리는 아니지만, 노힐 가문에서 나오는 마력으로 상황을 판단할 수 있는 정도는 된다.

강력한 두 마력이 격돌한다.

하나는 지크 가주의 마력.

다른 하나는 레지의 마력.

'오호, 역시 바이스 어르신인가. 플레우드는 달라도 뭐가 한참 다르네.'

레지가 그의 밑에 있던 게 그리 긴 기간이 아니다.

그런데도 느껴진다.

레지의 마력이 전체적으로 우위에 서 있음을.

정교함, 크기, 위력······.

그 모든 것이 지크 가주에 비해 압도하는 것은 아니지만, 미묘하게 앞서고 있다.

'그래, 레지. 이번 일 멋지게 해결하면 같이 술이라도 걸치며 얘기하자고. 때려도 용서해 주마.'

포머는 느긋하게 상황을 주시했다.

아무래도 자신이 나설 상황은 나오지 않을 것 같았다.

그렇게 두 마력이 격돌하기 시작한 지 10분이 지나지도 않았을 때, 어느 한쪽의 마력이 사라졌다.

레지의 승리다.

짝짝짝짝.

포머는 혼자서 작게 손뼉을 쳤다.

그와 동시에 노힐 가문의 저택 위, 하늘 저편에 생성된 메테오.

크기는 크지 않다.

하지만 정원 하나를 통째로 날려 버리기엔 충분한 크기였다.

'이야, 저 정도까지 가능하다니. 사람이 달라 보이네. 멋있어.'

메테오는 인정사정없이 노힐 가문의 정원을 향해 낙하했다.

콰앙—!

동시에 노힐 가문에서 들려오는 폭음.

레지가 첫 임무를 성공적으로 끝냈다는 승전보이기도 했다.

5클래스 생활이 어느덧, 일주일 차가 되었다.

"이거면 충분할 것 같아."

난 기숙사에서 시험용 마법을 이미 개발했다.

아예 새로운 마법을 만드는 게 아닌, 기존에 있는 마법에 새로움을 더하는 것.

그렇게 생각하니 시험용 마법은 금방 나왔다.

어차피 시험까지는 시간이 많았다.

난 그대로 도서관으로 향했다.

바로 5클래스에서도 과연 도서관과 연결된 비밀의 방이 있는지, 확인하기 위함이다.

"음…… 그 전에."

장롱을 열어 얇은 이불 하나를 꺼냈다.

어차피 5클래스에선 수업도 없으니 앞으로 남은 시간 전부가 자유 시간.

조금 기묘한 모험을 할 생각이다.

"루인에게 사용한 뒤로 처음이군."

난 일단 얇은 이불에 플레우드 마법을 구현해 봤다.

그러자 얇은 이불의 형체는 사라지고, 투명하게 변했다.

그 이불을 몸에 두르자, 내 몸까지도 투명으로 변했다.

나는 그렇게 투명 상태를 유지하며 기숙사를 나섰다.

기숙사에서 나올 때도 주위를 유심히 살폈다.

혹시라도 학생 누군가가 볼 수도 있고, 아무도 없는데 갑자기 문이 열리면 의심할 거라고 생각했기 때문이다.

다행히 5클래스는 총원이 열 명밖에 되지 않는 소수의 학생들만 있던 탓인지, 복도는 날 비웃기라도 하듯 너무나 고요했다.

나는 안전한 것을 확인하고 곧장 도서관으로 향했다.

도서관엔 학생 몇 명이 있었는데, 투명 상태인 날 발견하지 못하고 전부 책에 집중한 모습이다.

5클래스의 도서관은 역시 3클래스보다 훨씬 넓어서 찾는데 시간이 더 오래 걸렸다.

하지만 깊숙한 구석에 벽난로는 날 기다리는 것처럼 버젓이 존재했다.

벽난로에 숨겨진 입구를 열기 전, 다시 한번 주위를 살폈다.

학생들은 보이지 않았다.

안심한 난 그대로 입구를 열어 안으로 들어갔다.

비밀의 방에 도착하자마자 이불을 벗었다.

"다 좋은데 이건 숨 쉬기가 너무 답답해."

어디 숨 쉬기뿐인가.

이불을 몸에 두르고 다니다 보니, 걷는 것도 불편하다.

"그래도 큰 수확을 얻었네. 이 비밀의 방은 모든 클래스와 연결되어 있다."

하지만 여전히 사람의 발길이 끊겨, 쓸쓸한 분위기를 내는 곳이다.

책도 전부 엎어져 있고 드문드문 나이 먹어 빠진 이처럼, 빈 책장까지.

1클래스, 3클래스를 통해 봤던 모습 그대로다.

난 그렇게 2클래스로 향하는 입구를 찾았다.

차례대로 출입문 하나를 통해 올라간 다음, 도서관이 나오면 모브를 통해 여기가 몇 클래스인지 확인한다.

모브는 해당 클래스의 시설물만 보여 주기 때문에 확인은 쉬웠다.

첫 번째 출입문은 1클래스로 나오는 출입문이었고, 두 번째 출입문으로 나왔을 때, 2클래스가 나타났다.

'우리 밴시, 잘하고 있나.'

내가 말한 기묘한 모험.

바로 이거다.

슬쩍 밴시가 어떤 생활을 보내고 있는지 보기 위함이다.

그리고 밴시에게 따로 시킬 일도 있어서다.

1클래스에서 함께 지낼 때, 이 비밀의 방 존재를 그녀에게 알려 주지 않았다.

하지만 오늘 밴시가 혼자 있다면 놀래 주면서 이 비밀의 방 존재를 알려 줄 생각이다.

본격적으로 복도를 나서기 전, 시간을 확인했다.

이제 오후 3시.

5클래스에선 한창 자유 시간을 만끽하는 시간일 테지만, 초급 단계인 2클래스에선 오후에도 수업이 한창일 것이다.

수업 시간이라 밴시를 찾기 힘들지는 몰라도, 적어도 돌아다니는 학생은 없으니 달리 생각하면 조금 더 찾기 수월할 수 있었다.

그렇게 긴장하며 복도 여기저기를 돌아다니며 밴시를 찾을 때였다.

"왔니?"

가까운 곳에서 들린 어느 여성의 목소리.

내가 아는 목소리는 아니다.

"네."

그런데 그다음 이어진 대답의 목소리가 내겐 너무나 익숙한 목소리였다.

'밴시?'

난 최대 발소리를 내지 않기 위해 총총걸음으로 뛰어, 소리가 난 쪽으로 향했다.

밴시의 앞에 서 있는 빨간 장발의 여성 마법사.

누군지 모른다.

하지만 눈동자 색과 머리카락 색을 보니 이 클래스의 교수라는 것쯤은 눈치껏 알았다.

"들어와."

둘은 강당 입구에 서 있었다.

교수가 먼저 들어가고, 밴시가 뒤따라 들어가니 갑자기 강당 입구엔 용암 차단 마법이 생성되었다.

'……응? 이건 3클래스에서 교수 면접을 볼 때 같잖아?'

설마, 밴시도 2클래스에서 면접을 보는 건가?

그렇다고 하기엔 강당 옆엔 순위표 같은 것도 없었다.

'……들어가고 싶은데.'

이 차단 마법을 지금 풀어 버리면 시전자인 교수가 눈치챌 것이다.

난 가만히 때를 기다렸다.

만약 밴시가 강당으로 들어온 이유가 정말 교수 면접이 맞다면.

곧 안에서 마력이 느껴질 것이다.

그 마력이 느껴진 순간 교수가 쳐 놓은 차단 마법에 슬쩍 내 마력을 집어넣어 문틈을 조금 벌리고, 재빠르게 안으로 들어간 뒤 내 마력을 뺀다.

이게 내 계획이다.

'어쩌다 내가 이런 좀도둑 짓을…….'

약간의 허탈함도 있었지만, 상관없었다.

그리고 예상대로 얼마 지나지 않아, 안에서 강한 마력이 느껴졌다.

적어도 밴시의 마력은 아니었다.

'지금이다!'

난 그렇게 계획대로 강당에 잠입하는 데 성공했다.

그러나 곧 눈앞에 펼쳐진 풍경에 경악했다.

'이게 무슨…… 일이야?'

밴시와 교수는 서로 살기로 가득한 눈빛을 하고, 2클래스 수준에 맞지 않는 마법을 구현하며 대치하는 중이었다.

포머는 노힐 가문에서 선술집으로 향하는 경로에 잠입 중이었다.

그렇게 레지를 기다리기 시작한 지 어언 30분.

'품, 레지도 나와 같은 모습이군. 하여간 바이스 어르신, 취향 한번 독특하다니까.'

레지의 모습이 바뀐 걸 본 적은 없지만, 느낄 수 있었다.

뚱뚱한 남자로 모습을 바꾼 자신과 똑 닮은 남자가 뱃살을 출렁거리며 걷고 있었으니까.

하지만 여기에서 알은척할 순 없었다.

포머는 거리를 벌리며 미행하듯, 레지의 뒤를 밟았다.

그렇게 레지가 선술집에 도착해 문을 열려는 순간이었다.

"오랜만이야, 레지."

포머가 뒤에서 말하자 레지가 흠칫 놀라며 어깨를 떨었다.

드디어 만나다

포머가 레지의 어깨 위에 손을 올리자 고양이가 놀라는 것처럼, 레지는 경기를 일으켰다.

"……당신, 누구야?"

하지만 목소리까지 바뀐 포머다.

레지는 그저 낯선 사람이 모습을 바꾼 자신인데도, 이름까지 아는 것을 보며 경계를 풀지 않았다.

"일단 안으로 같이 들어가지."

포머는 강제로 레지를 끌고 선술집 안으로 들어갔다.

"자네 혹시 포머인가?"

느긋하게 잔을 닦던 도중, 레지와 생김새가 비슷한 남자를 보고 전혀 놀라지 않으며 물었다.

"오랜만입니다, 어르신."

"허허, 그 호칭은 그만해 달라니까. 한잔할 텐가?"

"주시면 감사하죠."

바이스는 인자한 웃음을 지으며, 포머에게 술 한 잔을 건 넸다.

포머는 공손하게 받고 그대로 입속으로 털어 넣었다.

"그런데 위의 세계도 바쁠 텐데, 이렇게 막 돌아다녀도 돼, 포머 교감?"

"역사적인 날이니까요. 특별 외출쯤으로 해 두죠."

"……포머 교감 선생님?"

하지만 옆에 앉은 레지는 여전히 영문 모를 눈동자를 하고 있었다.

포머는 그를 보며 그저 싱긋 웃고, 바이스에게 한 가지를 부탁했다.

"해독제 좀 주시겠습니까, 어르신?"

"그래, 둘이 잠시 오해를 푸는 시간을 가져도 좋겠지. 앞으로 자주 볼 사이니까."

바이스는 해독제 두 개를 주었고, 레지와 포머가 들이켜자 둘은 본래의 모습으로 돌아왔다.

새빨간 눈동자와 머리카락을 가진 레지.

검은 눈동자와 머리카락의 포머.

둘이 본모습으로 실로 오래간만에 재회하는 순간이다.

"네가 조각사에 들어올 줄은 꿈에도 몰랐다. 어르신, 역시 안목이 남다르십니다."

"허허, 나이를 먹어도 칭찬은 익숙해지지 않는구먼. 그나저나 둘이 같이 왔다는 건, 저 애송이 혼자 노힐 가문 임무를 처리한 게 아니라는 뜻이겠군?"

이에 포머는 격하게 손사래를 치며 반박했다.

"아닙니다, 전 멀리서 지켜보기만 했어요."

"맞아요! 제가 지크 가주를 상대하느라 얼마나 고생한 줄 아십니까! 가주님!"

빡!

하지만 가주님이라는 호칭에, 어김없이 레지의 뒤통수를 향해 매서운 바이스의 손바닥이 날아들었다.

"아악!"

"이게 아직도 정신 못 차리고. 선술집에 있을 땐 호칭 똑바로 하라는 소리를 벌써 잊었나?"

"……죄송합니다, 사장님."

"그나저나 어르신, 대단하신데요. 어떻게 레지를 단기간에 그렇게 키웠습니까?"

포머는 레지에 대한 칭찬을 아끼지 않았다.

"허허, 그런 말 함부로 하지 말게. 아주 먼 옛날, 알라이즈 님과 아르키스 님이 이런 상황에서 어떻게 답하셨는지 아나?"

바이스는 이 셋 중 유일하게 알라이즈 페트라와 아르키스 에이머까지 직접 본 인물.

당연히 레지와 포머는 그들이 어떻게 답했을지 궁금했다.

"듣고 싶네요."

"우리가 길을 정해 줄 수는 있지만, 그 길을 걷는 건 순전히 학생의 몫이다. 따라서 칭찬은 전부 길을 걸은 학생이 받아야 한다. 이렇게 답하셨지."

"멋있는 분들이네요, 알라이즈 님이나 아르키스 님이나."

"알라이즈 님은 유독 길에 비유하는 걸 좋아하셨거든. 그 영향인지, 알라이즈 님의 제자인 아르키스 님도 꼭 길에 비유하시더라고. 이정표, 돌부리 등등."

"하하, 어쩐지 들은 적은 없지만, 그분들의 목소리가 귀에서 아른거리는 것 같습니다."

"자넨 참 알랑방귀도 능해. 마법사인지, 만담꾼인지 모를 정도로."

"감사합니다. 아무튼."

포머는 이제 시선을 레지에게 옮기고, 술잔을 앞으로 건넸다.

건배를 권유하는 행동이다.

"축하한다, 레지. 보는 내내 감탄스러웠어. 특히 마지막 메테오, 정말 인상적이더군."

"아…… 감사합니다."

레지는 얼떨결에 건배를 하며 답했다.

"너, 내가 준 초월수 마신 거 아니야? 지크 가주를 그렇게 간단히 제압했다고?"

하지만 바이스는 오히려 레지를 추궁했다.

바이스의 지독한 교육 방식이었다.

"여기요!"

울컥한 레지는 품 안에 있던 파란색 초월수를 꺼내서 '쾅!' 하고 소리가 크게 날 정도로 세게 내려놨다.

"지크 가주가 그렇게 약했어? 약하다고 듣긴 했지만, 초월수도 안 마신 너한테 당하다니."

"언제는 제가 지크 가주보다 강하다면서요!"

"그거야 빨리 널 보내려고 한 말이지."

"하하, 어르신, 정말 무섭습니다."

레지는 억울했지만, 그래도 나쁜 기분은 아니었다.

바이스 밑에 있으면서 그가 어떤 성향인지 이미 알고 있었던 게 크게 한몫했다.

이내 레지의 시선은 옆에 앉은 포머에게 향했다.

"포머 교감 선생님, 저 하나 궁금한 거 있어요."

"그래, 뭐든 물어. 임무를 성공한 선물이라고 생각할 테니까."

포머도 시원하게 답했다.

"난감한 질문을 해도 돼요?"

"물론이지. 말했잖아, 뭐든 물으라고."

"……포머 교감 선생님은 언제 에드 가문의 양자가 되기로 결정하신 거예요?"

"응? 무슨 소리야?"

레지가 내내 궁금하던 것들이다.

하지만 포머는 이게 무슨 뜬금없는 소리인가 싶었다.

포머가 슬쩍 바이스를 쳐다보자, 그는 '내가 그렇게 둘러 댔어.'라고 답했다.

"왜요? 있는 그대로 말씀하시죠. 조각사로 들이기로 결정 하셨으면서."

"자네 일은 자네 가문의 일이 아닌가? 난 에드 가문의 일 원이 아니니, 남의 가족사를 함부로 떠벌리고 싶지 않거든."

"역시…… 어르신. 생각이 깊으십니다."

"됐고, 둘이 계속 얘기 나눠. 난 아직도 머리가 어지러우 니까."

바이스는 그 핑계를 대며 자리를 피했다.

실제로도 정말 머리가 어지러운 게 한몫하긴 했지만.

바이스가 자리를 피한 뒤, 포머는 자신이 드라코 가문의 마법사인데도 왜 조각사에 있게 되었는지 설명했다.

자신은 사실 에드 에타르의 아들로, 태어나자마자 드라코 가문의 양자로 집어넣기 위해 의도적으로 드라코 가문 정문 에 버려진 아들임을 전부 털어놓은 것이다.

진실을 접한 레지는 두 눈이 휘둥그렇게 변했다.

"……아무리 그래도 그렇지, 어떻게 자식까지 그렇게 이용합니까?"

레지는 그 사실에 격분했다.

레지는 부모가 없이 자란 탓일까?

자식을 함부로 버리는 부모를 상당히 증오하는 인물이었다.

레지가 자라 온 환경을 알고 있는 포머는 굳이 반박하지 않았다.

도의적으로 잘못된 게 맞지만, 대의를 위해서라면 어쩔 수 없는 선택이라는 설명도 속으로 삼켰다.

"아무튼, 좋을 대로 생각해. 그리고 에타르 님께서 너에게거는 기대가 크다."

대신 화제를 돌릴 뿐이었다.

"기대요? 또 뭔가를 시키실 생각인가요?"

"응. 노힐 가문은 처리했으니, 이제 밑의 세계에서 네가 앞으로 맡을 적은 빛 원소 구성 가문, 미하엘 가문, 그리고…… 주둔 중인 대마법사 친위대까지 네가 담당할 영역이야."

"……그게 말이나 됩니까?"

대마법사 친위대라는 말이 나오자, 레지는 잔뜩 겁에 질리며 경기를 일으켰다.

난 두 여자의 살벌한 마법 사이에 껴서 상황을 파악하기에
나섰다.

"어이, 학생, 네가 원하는 대로 비공개로 진행 중이거
든? 근데 네가 나한테 감히 건방지게 충고했던 말 때문이
아니야."

이상하게 교수는 화가 잔뜩 난 모습이다.

게다가 밴시에게 겨누는 마법도…….

용암이다.

밴시의 불 원소 마법으론 저 용암을 막을 재간이 없다.

'설마 너…… 플레우드인 걸 드러내려고?'

생각이 깊은 마법사인데 그런 경솔한 짓을 할까 싶었지
만…….

자세히 보니 밴시의 불 원소 마법 속엔 플레우드가 섞여
있었다.

'맙소사.'

난 플레우드니까 보이고, 느낄 수 있는 거다.

"그럼 뭐 때문인데요?"

밴시는 특유의 말투로 되물었다.

"내 마법으로 네가 빈사 상태가 돼 버리면, 학생들이 날
무서워하지 않겠니? 그걸 보여 주기 싫거든."

저게 어떻게 교수의 입에서 나올 소리인가.

이건 꼭 교수가 대놓고 학생을 죽이겠다는 소리가 아닌가?

'밴시도 제정신이 아닌데…… 저 교수는 더하잖아……?'

이 말까진 하고 싶진 않았는데…….

미친 여자 둘이 뭉치니 나까지 긴장되게 만들었다.

"아, 그래요? 괜찮아요. 그럴 일 없거든요."

"그리고 너 나한테 지면 바로 퇴학이야! 알아?"

"네, 네. 말이 많으시네요. 에드 가문의 마법사는 다 그런가요?"

'……에드 가문의 마법사였어?'

어쩐지, 밴시가 뒤도 돌아보지 않는 태도를 이제야 알 수 있었다.

밴시는 에드 에타르에게 깊은 원한을 가진 인물.

따라서 에드 가문 전체를 적으로 생각한다.

1클래스의 담당 교사 에드 에버와는 큰 마찰이 없었지만, 상대는 교수인 에드 가문의 마법사.

밴시도 정말로 죽일 생각으로 맞서는 중이다.

'안 돼…… 밴시! 그건 너무 빨라!'

아무리 복수를 위해 왔다지만, 네가 설정한 복수의 대상은 에타르잖아!

에타르부터 만나야지!

지금 2클래스 교수에게 힘을 빼면 어쩌자는 거냐!

밴시의 돌발 행동이다.

옆에서 그녀의 행동을 조율하는 사람이 없어서 이런 사달이 난 것 같았다.

"말이 필요 없지. 퇴학이나 당하렴!"

이성이 끈이 끊어진 듯, 교수의 용암이 밴시를 향해 날아들었다.

하지만 밴시는 코웃음을 치며, 거대한 불길로 맞섰다.

"용암에 그깟 불길이 통할 것 같냐!"

"약속이나 지키세요! 내가 이기면 바로 4클래스로 직행!"

"나부터 이기고 말해!"

'……?'

단순히 복수가 아니었던가?

교수 면접이 맞았다.

그러나 3클래스의 교수 면접과는 다르다.

난 둘의 마법을 어떻게 중재할지 고민하던 순간이었는데, 둘의 대화를 듣고 행동을 멈췄다.

'특별 전형 때문이면…… 내가 나서지 않아도 될 것 같은데.'

하지만 나서지 않아도 문제는 존재한다.

지금 교수의 마법은 용암.

저걸 그저 평범한 불길로 막아 버리면, 밴시도 의심의 용의 선상에 오르게 된다.

이윽고, 교수의 용암이 밴시의 몸을 덮치려 할 때였다.

밴시는 구현한 불길을 바닥에 펼쳐, 양탄자라도 되는 것처럼 불길을 타고 미끄러지며 교수의 용암 마법을 피했다.

'저건…….'

몸을 적극적으로 사용하는 대련 방식.

내가 1클래스에서 자주 쓰던 방법이다.

하지만 몇 번 보고 따라 할 수 있는 게 아니다.

상대의 마법이 어떤 효과를 가졌고, 그 범위는 얼마나 되는지, 위력은 또 어떤지.

이 모든 정보가 있어야만 택할 수 있는 대련 방식이다.

'……그래, 밴시도 플레우드지.'

일곱 개 원소를 전부 다루는 플레우드.

그렇기에 밴시도 나만큼은 아니지만, 교수가 사용하는 마법이 대략적으로 어떤지 알고 있다는 뜻이다.

이렇게 되면 내가 나설 이유가 없다.

난 기척을 더욱 숨기며, 강당 깊숙한 곳으로 자리를 옮겼다.

둘의 마법이 워낙 강력하여 그 여파로 내 존재가 드러날 수도 있기 때문이다.

"너 지금 뭐 한 거니……?"

"보면 몰라요? 교수님이랑 대련요."

몸을 적극적으로 움직이는 밴시의 방식에 교수가 당황했다.

'이러면…… 밴시에게 승산 있지.'

밴시는 기회를 놓치지 않고, 계속해서 도발적인 말들로 교수의 시선을 빼앗았다.

"교수님 맞죠? 대단할 거라고 생각했는데, 생각 외로 별거 없는데……."

"이게 교수를 무시하는 것도 정도껏 해야지!"

그 순간.

뻑—!

"커헉……."

밴시의 마법이 교수의 뒤통수를 때렸다.

정면에서 잔뜩 신경을 긁어 시선을 빼앗고, 그 뒤를 노린 것이다.

"아싸, 1점. 3점 얻으면 합격이라고 했죠? 2점 남았네요?"

'……밴시, 너 이렇게 잔인한…… 학생이었니?'

어쩐지 오늘 밴시의 새 모습을 본 것만 같다.

그리고 낯설다.

밴시와 교수의 대련에서, 밴시가 성공적으로 마법을 통해 그녀를 공격하면 그게 1점.

그렇게 총 세 번만 성공하면 밴시의 면접 결과가 합격인 것으로 보였다.

처음부터 둘의 대련을 지켜본 입장이 아니기에 그렇게 추측할 뿐이었지만, 정답인 것 같았다.

"……너."

그런데 저 교수, 참 이상하다.

감정을 조절하지 못하고, 자꾸 밴시의 도발에 넘어오는 것 아니겠는가?

보통 교수나 되는 사람들은 냉철하고, 상황 판단이 빠르다.

그 영향 때문에 감정도 쉽게 조절할 수 있었다.

0클래스의 교수 멜도 그랬고, 1클래스의 니드도 그랬다.

이는 원소와 크게 상관없다는 뜻이다.

정말 교수가 맞는 건가 싶은 의심이 들 정도다.

"교수님, 1점 더 갑니다. 이건 뭐, 너무 쉽네요. 1클래스 대련 때도 이렇게 시시하진 않았는데."

마침내 밴시의 도발이 도가 넘어선 순간이었다.

"이 미친 게……."

교수의 분위기가 변했다.

그간 불안한 감정이 요동쳤다면 지금은 수용할 수 있는 수준을 넘어선 것처럼, 감정이 완전히 폭발했다는 걸 느낄 수 있었다.

"……?"

밴시도 이상한 기류를 감지했는지, 몸이 경직되었다.

"야, 안 되겠네. 넌 봐줄 수가 없다. 도발도 적당히 해야지."

이윽고 교수가 구현한 거대한 마법.

이 강당 전체를 채우고도 남을 용암 파도다.

'이러면…… 내가 여기에 있다는 걸 들키잖아!'

교수는 완전히 이성을 잃은 모습이었다.

초점이 흐릿하며, 밴시를 대련 상대가 아닌 암살의 대상으로 여기는 눈빛이다.

교수는 손바닥을 천장을 향해 번쩍 들었다.

그러자 강당을 가득 메운 용암들이 그녀의 손바닥 위로 모이기 시작했다.

동글동글하게 모이는 용암을 보고 밴시는 그대로 몸이 얼어붙었다.

겁먹은 거다.

이 정도로 강력한 용암 마법을 실제로 마주한 건 이번이 처음일 테니까.

게다가 교수가 용암으로 모으는 저 구체.

보주화의 느낌이 난다.

정확히 말하면, 보주화는 아니지만 위력은 보주화와 비슷할 거라고 직감했다.

'위험해.'

무슨 수를 써야 했다.

저건 몸으로 피할 수 있는 수준이 아니다.

이 강당 전체, 아니 2클래스 전체를 날려 버리고도 남을 위력이다.

감정 조절을 못 하는 단점을 안고 있지만, 마법의 위력이 엄청나다는 장점도 가지고 있는 교수이기도 했다.

밴시는 사고 회로가 그대로 멈췄는지, 여전히 그 자리에 얼어붙은 채였다.

"야, 3점 획득하면 합격하기로 한 거 취소. 날 상대로 1점이라도 땄으니까 높이 평가해 주마. 너 합격."

그런데 교수의 입에서 뜬금없는 소리가 나왔다.

"대신, 교수를 농락한 죄는 받아야지. 이것도 한번 피해 봐, 이 건방진 계집애야."

그렇게 응축된 용암 구체를 밴시를 향해 던지려 할 때였다.

강당 한편에서 작은 화염이 피어오르더니 익숙한 목소리가 날아들었다.

"스파크을─! 당장 멈추지 못해?"

'이 목소리는⋯⋯.'

5클래스 담당 교사, 나일론의 목소리다.

동시에 강당 천장에 구현된 불 원소 최고의 마법.

보주화.

나일론이 모습을 드러내자 보주화는 완전한 크기를 가졌

다.

스파클이 구현한 용암 구체를 가뿐히 집어삼킬 정도의 크기다.

보주화가 갑자기 천장에 나타나자, 스파클이 모은 용암 구체가 보주화에 빨려 들어가는 것처럼, 풀어진 실타래처럼 파쇄되어 보주화에 흡수되기 시작했다.

크기는 점차 작아지고, 느껴지는 위력도 현저하게 떨어지기 시작했다.

"스파크을—!"

나일론이 한껏 분노한 목소리로 소리치자, 흐려졌던 스파클의 초점이 돌아왔다.

"……오빠?"

"당장…… 멈춰."

스파클도 잔뜩 화가 난 상태다.

"안 멈추면. 저 보주화 속에 밀어 넣는다. 경고했어."

이건 갑자기 무슨 전개일까?

아니, 5클래스 담당 교사가 어떻게 보주화를 구현하는 걸 넘어, 머나먼 2클래스까지 직접 행차하신 건지 의문투성이다.

"당장—!"

"알았……어."

제정신이 돌아온 스파클은 마법을 완전히 거뒀다.

그것을 확인한 뒤에야 나일론도 보주화를 거두며, 밴시에게 다가갔다.

"미안하다. 많이 놀랐지?"

"……."

밴시는 여전히 얼어붙은 채다.

잔뜩 겁먹었던 것은 스파클의 마법이 사라지면서 풀린 것 같지만, 갑작스러운 상황에 당황한 것으로 보였다.

"오빠가 여긴 왜……?"

"교장 선생님께서 영 불안하다고 급한 대로 나한테 내려가 보라고 하셨거든. 너 일단 이거부터 들어."

그리고 그는 모브를 활성화했다.

―스파크을!

모브 속에선 분명한 에드 에타르의 호통이 튀어나왔다.

'에타르…….'

"아버지……."

―지금 이게 뭐 하는 짓이야! 학생을 상대로 그런 마법을 보이다니! 아니, 학생에게 감정을 추스르지 못해? 네가 그러고도 교수야?

에타르는 완전한 아버지의 목소리로 스파클을 꾸짖기 시작했다.

"죄송……합니다."

스파클은 거의 울먹이는 목소리로 답했다.

－나일론.

　"네, 교장 선생님."

　－네가 거기 상황을 정리해. 그리고 스파클이 뱉은 말이 있으니 책임지게 하도록.

　"알겠습니다."

　－스파클, 넌 당장 올라와.

　"……네에."

　그렇게 사태는 일단락되었다.

　나일론은 이제 밴시에게 다가가 말했다.

　"여기로 오기 직전에 들었어. 스파클이 교수 직권을 유지하고 있는 상태로 분명히 이렇게 말했지, 학생은 합격이라고."

　"……."

　"교수가 뱉은 말은 지켜야 하고, 교장 선생님께서도 상황을 주시하셨으니까 이번 특별 전형 시험은 학생의 합격이야. 언제 가고 싶니, 4클래스로?"

　"……왜?"

　"응?"

　"왜, 상황을 주시하셨단 거죠?"

　밴시도 이제 냉철함을 찾았다.

　지금 그녀의 심정, 난 잘 안다.

　모브가 뱉은 에타르의 목소리.

밴시 인생의 최대의 적.

적의 목소리를 제 귀로 듣고 빠르게 상황을 파악하기 위해 본능적으로 정신을 차린 거다.

"그게 무슨…… 말이지? 왜 주시했냐니."

의도 모를 밴시의 질문에 나일론도 당혹스러운 표정이었다.

"초급 단계인 2클래스 시험인데, 왜 주시하신 거냐고요. 뭐가 특별한 클래스라고."

왜 저런 질문을 뱉는지도 안다.

에타르에게 복수를 하기 위해 이 학교에 들어온 밴시다.

혹시 주시한다는 게 자신의 정체를 조금이라도 들킨 게 아닐까 싶었던 걱정이다.

"흠, 많이 놀랐구나. 그래, 스파클이 잘못한 것도 있으니 내가 대신 설명하지."

"당신은 누군데요?"

밴시의 앞에 있는 두 명의 에드 가문의 마법사.

그렇기에 잔뜩 경계한 모습이다.

"난 5클래스 불 원소 담당 교사 에드 나일론이라고 해. 여기 앞에 있는 2클래스 교수 스파클의 오빠이기도 하고."

"……"

"그럼, 이제 설명해 줄까?"

밴시는 천천히 고개를 끄덕였다.

저것도 본능에서 나오는 끄덕임.

적을 알아야 복수의 성공률이 높기 때문이다.

어쩌면 에타르에게 향하기 전, 이 두 마법사를 제 손으로 처리해야 한다는 계산이 깔려 있을지도 모른다.

"너도 봐서 알겠지만, 스파클은 감정이 폭발하면 마법이 위험한 수준이 돼서. 안 그래도 일주일 전, 스파클이 교장 선생님께 특별 전형을 건의할 때도 상당히 흥분한 목소리라고 했어."

밴시를 감시한 게 아니다.

에타르의 딸이니 그녀의 성격을 잘 알고 있어서 혹시 모를 일에 대비하고 있었던 것이다.

밴시는 내색하지 않았지만, 난 분명히 확인할 수 있었다.

안도의 한숨을 쉬는 것을.

'그래도 나도 가만히 있을 순 없을 것 같네.'

여전히 긴장하고 있는 건 똑같다.

그 긴장을 풀어 주기 위해서라도 나도 뭔가를 해야 했다.

난 플레우드 구체를 보이지 않고, 느낄 수도 없도록 작게 구현하고 밴시를 향해 던졌다.

툭.

"……?"

내가 던진 플레우드 마법은 밴시의 어깨를 살짝 쳤다.

역시 같은 플레우드인 밴시는 촉감을 느끼고 플레우드 구체가 닿은 어깨를 쳐다봤다.

－밴시, 나야.

－……아르키스 님?

그녀는 어깨를 흠칫 떨며 놀랐다.

"그래서 너와의 면접 중에도 혹시 흥분할 수 있을 것 같다고 교장 선생님이 내게 상황을 주시하라고 하신 거야, 너의 안전을 위해서."

하지만 상황을 모르는 나일론은 그저 친절하게 설명했다.

－아르키스 님, 아니…… 어떻게 2클래스에……?

－그건 이따가 설명해 줄게. 일단, 저 선생이 설명하는 거나 듣자. 저 선생, 내 담당 교사야.

－……예? 5클래스 불 원소 담당 교사라면서요? 지금은 시기적으로 아르키스 님이 3클래스에 있어야 하는데요?

－그렇게 됐다.

속으로 나와 밴시가 대화를 한창 나누다 보니, 밴시의 초점이 슬슬 흐려지기 시작했다.

"……듣고 있니?"

그제야 밴시의 상태가 이상하다고 느낀 나일론이 그녀의 어깨를 흔들며 물었다.

"아, 네."

"그래서 주시한 거라고."

"아아…….."

―너, 나랑 대화하느라 못 들었지?

―……네.

난 나일론이 한 설명을 다시 밴시에게 전했다.

―그렇구나, 제 정체가 들킨 건 아니네요?

―응, 내가 보기에도 저 교수 상태가 이상했는데, 성격이 애초에 불같았던 거였구나.

―네, 도발에 너무 쉽게 넘어오더라고요. 저도 의아했어요. 정말 이런 사람이 교수가 맞나 싶을 정도로요.

―뭐, 가끔은 괴짜가 있기 마련이잖아. 그런 유형이라고 해 두자.

―하하하.

나와의 대화가 편했는지, 밴시는 그간 보인 적 없던 웃음소리를 흘렸다.

"아무튼, 그렇게 된 거야."

"네, 잘 알았어요. 저야말로 죄송해요. 그런 줄도 모르고 너무 사납게 말한 것 같아서요. 교수님, 죄송해요. 제가 너무 버릇없었죠?"

완전한 안정을 찾은 밴시는 이제 나일론 뒤에 숨은 스파클을 향해 사과를 전했다.

그런데…….

―어째 내 귀에는 또 도발로 들리냐?

―저 진심으로 사과한 건데요.

―……저 교수는 그렇게 받아들이는 것 같진 않은데?

오히려 스파클은 거친 숨을 애써 참으려는 듯, 어깨가 들썩였다.

심지어 몸을 부들부들 떨기도 했다.

―너 방금 되게 여우 같았어.

―말씀이 너무 심하십니다!

―……그냥, 그렇다고.

"아니야. 스파클도 잘못한 게 있으니까 괜찮아. 그럼, 4클래스론 언제 가고 싶니?"

나일론이 다시 친절하게 물었다.

밴시는 눈동자를 이리저리 굴리면서, 나일론에게 답하진 않고 내게 물었다.

―저 보고 싶어서 오신 거 맞죠? 저 보고 가시려고…….

―꼭 그런 건 아닌데. 전할 말이 있기도 해서.

"응? 언제 가고 싶냐니까? 지금 당장 가고 싶다고 하면 보내 줄 수 있어."

나일론이 재촉하자, 밴시가 그제야 답했다.

"내일요. 내일 오전에 갈게요."

"그래, 그럼 내일 오전에 내가 너를 4클래스로 보내 주마. 그리고 스파클."

"……응."

"넌 얼른 교장실로 올라가."

"……무서운데, 같이 가면 안 돼?"

"못 들었어? 나 이 학생 내일 4클래스로 올려 보내야 하니까 여기에 있어야지. 네 공석을 내가 대신해야 한다고."

"……나 올라가면 교수에서 잘리는 거잖아. 싫어, 무서워."

―정말이지, 덜 성숙한 교수네요. 학생 같은데요?

―그래도 교수 중에 저런 인간미를 가진 교수가 있다고 생각하니까 내 눈엔 귀여워 보이는데?

―저런 취향이십니까?

―아니, 그건 아니야.

난 단호하게 딱 잘라 말했다.

애는 왜 자꾸 엮는 걸 좋아하는 걸까?

다음 권으로 이어집니다